나는 세팍타크로 감독이었다

나는 세팍타크로 감독이었다

HAUM
하움출판사

당신은 영원한 세팍人입니다

지금의 세팍타크로는 비인기 종목임에도 불구하고 중고등학교, 대학 그리고 실업 팀까지 70여 개가 대한민국에 넓게 퍼져 있고 전국체전, 아시안게임은 각 시, 도 그리고 우리나라에 대표 효자 종목입니다. 수많은 종목의 틈바구니에서 우리 세팍타크로가 해가 다르게 발전하고 있는 것은 보이지 않는 곳에서 헌신했던 백봉현 감독님과 같은 지도자들이 있기에 가능했던 것입니다.

백봉현 감독님과 첫 만남은 2017년으로 거슬러 올라가게 됩니다. 저는 처음 세팍타크로와 인연을 맺은 해이자 세종하이텍고등학교 "감독" 백봉현의 마지막 경기가 있던 해로써 어찌 보면 누군가에는 시작이었고 누군가에게는 이별의 앞둔 시원섭섭한 시기였습니다. 감독으로 재임하시는 동안 세종특별시의 유일한 전국체전 메달 종목으로 일궈 냈고 세종특별시에서 그 어떤 종목보다 지역을 빛내는 종목을 만들어 냈으며, 모든 팀이 만나고 싶어 했던 세종하이텍고등학교를 모든 팀의 기피 대상 1순위 팀으로 성장시켜 냈습니다.

지금은 감독님의 지도와 헌신에 힘입어 대한민국 U-19 청소년 국가대표에 매해 선발되는 저력의 팀, 전국체전을 비롯한 각종 전국대회의 단골 상위권 입상 팀으로 자리매김하고 있습니다. 그뿐만 아니라 엘리트 체육이 위축되던 시기에도 굳건히 팀을 유지할 수 있었던 것은 백봉현 감독님이 계시기에 찬 바람을 피할 수 있었던 것을 우리가 모두 기억하고 있습니다.

"감독" 백봉현의 이야기는 2018년 1막이 끝이 났지만, 우리 세팍타크로에 감독님의 애정과 열정은 세팍타크로 2막이 시작되며 지금도 이어지고 있습니다. 세종세팍타크로협회 부회장으로서 임원으로의 출발은 그렇게 떠나보낼 수 없었던 세팍타크로계에 참으로 감사한 일이었습니다.

그동안의 활동을 눈여겨본 중앙협회에서는 대회 운영에 있어 가장 중요한 분과인 대회위원회에 부위원장으로 요청을 드렸고, 그렇게 연간 이루어지는 6개의 전국대회에서 백봉현 선생님의 활약은 중앙 집행부에서도 계속되고 있습니다. 선수와 지도자들 그리고 심판들까지 모든 계층에게 만족할 수 있는 환경을 만들어 내기에 선생님의 경험은 우리에게 너무 필요했고, 그 결과 우리 협회의 대회 환경은 나날이 발전하고 있습니다. 감독에서 부회장 그리고 분과위원회 부위원장까지 당신의 종횡무진 활약은 우리 후배들의 귀감이 되기에 충분하며 앞으로의 10년 20년 뒤에도 오랜 시간 회자될 것입니다.

대한민국에 세팍타크로가 자리 잡은 지 35년이 넘어서야 드디어 2022

년 대한민국 세팍타크로의 야이기를 담은 1호 서적 《나는 세팍타크로 감독이었다》가 많은 우리 종목 구성원들의 기대 속에 출간하게 됐습니다. "감독" 백봉현이 있었기에 세종하이텍고의 오늘이 있으며, 부회장 백봉현이 되었기에 세종특별시의 세팍타크로는 밝았습니다. 이제는 대한세팍타크로협회 대회위원회 부위원장 백봉현이 있기에 세팍타크로는 그리고 우리나라의 스포츠는 행복할 것입니다.

영원히 우리와 함께할 세팍人 당신께 대한민국 세팍타크로 모든 구성원을 대표해서 서적 출간에 심심한 축하와 감사의 말씀을 전합니다.

대한세팍타크로협회장
오 주 영

프롤로그

역사적인 행정중심 복합도시로 세종특별자치시가 출범하면서 이 속에서 고등학교 세팍타크로 팀 감독으로서 새롭게 경험하였던 여러 가지 이야기들을 기록으로 남기고 싶었다.

시작은 모든 것이 생소하고 또 어설프고 이런저런 시행착오를 겪으면서 점차 발전한다. 세종시의 시작과 함께한 세팍 감독이 서툴고 잘 못 하였지만 그래도 나름 성과도 많이 냈다. 이 글을 읽는 사람 모두에게 감독이 되어서 경기장에서 또는 훈련하면서 벌어지는 궁금한 점들을 조금이나마 알려 주고, 현장에서 울고 웃은 세팍 감독의 심정을 말해 주고자 한다.

시대가 바뀌고 학교 체육 현장이 너무 빠르게 변해 가고 있지만 "과거에는 이렇게 하였다"라고 훗날 후배들에게 알려 준다고 생각하고 되도록 자세히 적으려고 노력하였다. 그렇지만 처음 하는 작업이고 부족한 글솜씨에 한계를 느끼면서, 이 글을 읽는 사람들에게 당시 내가 겪었던 순간들의 생생한 감정이 제대로 전달되지 못하여 매우 아쉬울 뿐이다.

뒤돌아보니 모든 일이 마치 어제의 일처럼 생생하게 떠오른다. 내 주변에 모두가 참으로 고마운 사람들뿐이다. 누가 뭐래도 부족한 나를 전적으로 믿고 끝없이 밀어 주신 홍성구 교장 선생님과 이재규 교장 선생님 덕분에 마음껏 운동시켜 오늘날 세종시 운동부의 명문, 아니 대한민국의 세팍타크로 명문으로서 전통의 세종하이텍고가 되었다.

팀을 처음 맡아서 세팍타크로에 대하여 낯설고 규칙이나 선수 확보 및 지도에 대하여 당돌하게 질문하면 항상 친절히 알려 주시고 직접 선수 지도까지 해 주시고, 세팍에 대한 책임감이 매우 강하신 청주 시청 김종흔 감독님과 우리 팀이 형편없어도 언제나 반갑게 맞아 주신 삽교고등학교 이인재 감독님과 김천중앙고등학교 박승호 감독님께 감사의 인사를 전한다.

세종시교육청과 세종시체육회의 많은 관심과 훌륭한 코치의 헌신적인 지도가 더해져서 학교에 전국에서 최초로 빨간 매트가 깔리고, 밝은 조명의 세팍타크로부 전용 강당이 조성되었으며, 타지에서 선수들이 모여들어 좋은 여건에서 좋은 선수들이 좋은 지도자와 함께하고 있다.

행복도시로 세종특별자치시가 출범하여 10년이 지나도록 고등학교에 축구, 배구, 농구, 야구 등 흔히 말하는 인기 있는 구기 종목조차도 고등부 팀이 하나도 없는데, 세팍타크로만이 세종시 안에서 세종하이텍고가 당당하게 버티고 있으며 찬란히 빛을 내고 있으니 이 어찌 대견스럽지 아니하겠는가? 고등부 단체 종목에서 전국체전 7회 연속 메달 획득이 감히 어디 누구나 가능한 일인가?

선수들과 땀 흘리고 울고 웃었던 현장 속으로 여러분들을 안내하려 한다. 소박한 바람이 있다면 이 글을 읽는 모든 사람이 당시 감독이 되어서 내가 느꼈던 심정을 똑같이 느꼈으면 좋겠다. 태국으로 전지훈련 가는 준비 과정과 현지에서 훈련 내용과 훈련 여건들 그리고 인천 아시아 경기에서 진행 요원으로서 경험들도 모두가 함께하고 싶다.

인천 전국체전과 서천 전국체전 그리고 횡성 전국체전에서 단 한 게임을 이기기 위하여 최선을 다하여 철저하고 세심하게 준비하는 과정, 순창에서 있었던 아찔한 꽃게탕 식중독 사건, 군산 응급실로 내달려간 식은땀 나는 가짜 맹장염 사건도 잊지 못할 것이다.

당시 시합장에서 느꼈던 생생한 경기 분위기들은 이 책을 읽는 사람에게 감독 벤치로 안내하는 경험을 맛보게 해 줄 것이다. 또한, 이 글이 팀을 지도하는 후배 지도자들에게는 조금이라도 보탬이 되었으면 좋겠다.

그리고 퇴임 말년에 세팍타크로를 지도하면서 참 좋은 사람들을 많이 만났으며, 운 좋게도 매스컴의 초점도 여러 번 받아 보고, 또 강원도 북단부터 제주도 남단까지 우리나라 구석구석을 누비고, 멀리 태국까지 참 많은 곳을 원 없이 실컷 돌아다녀 본 것 같다.

거기에다 과분하게 최우수 지도자상도 받았고, 선수들의 입상 메달은 이루 다 셀 수 없이 참 많이도 가져왔다.

부족한 내가 정년 퇴임까지 무사히 마친 것은 주위의 모든 분이 나를 감싸고 도와주어서 가능했다. 대한세팍협회 허 처장님과 직원들, 세종시 체육회 석원웅 처장님과 황·홍·김 팀장님들, 세종시 세팍타크로협회 노창현 초대 회장님, 강천석 2대 회장님과 김봉주, 강선호, 강성규 이사님에게도 감사함을 전하고 싶다. 뭐든지 부탁만 하면 적극적으로 도와주신 하이텍고 모든 직원과 부족한 나를 믿고 맡겨 주신 운동부 학부형님들 그리고 잘 따라 준 선수들에게도 진심으로 고마움을 표한다. 함께 애쓰신 김영환, 전영만, 곽영덕 코치님 수고 많이 하셨다.

한 가지 꼭 사과드리고 싶은 부분이 있다. 당시 상대한 팀들이나 선수들을 모두 실명으로 하여서 당사자나 관계자들이 불쾌한 감정을 느낄 수 있을 것 같다. 저의 속 좁음을 너그럽게 용서 바라며, 다시 한번 고개 숙여 사과드린다.

요즘 세팍타크로 경기장에 가서 보면 모든 여건이 그야말로 눈에 띄게 발전하는 모습들이 너무도 보기가 좋다. 새로 선출된 젊은 오주영 회장님이 의욕적으로 달려들어서 혁신적으로 변화하고 있다. 어려운 여건 속에서 새로운 팀들이 많이 생겨나고, 비디오 판독이나 전광판 등 경기장의 시설 여건이 획기적으로 좋아지고, 국제대회까지 유치하고 대회 운영도 실무자의 의견이 바로 반영되어 소통하는 협회 분위기로 많이 달라졌음을 실감한다.

앞으로 나의 바람은 현재의 발전적인 분위기에다 모든 세팍인이 더욱 힘을 합쳐서 선수도 많이 늘어나고 기량도 비약적인 발전을 하여 숙원인 아시안게임에서 금메달을 휩쓸고, 세팍이 올림픽 정식 종목이 되고 나아가 우리나라가 세계세팍타크로협회 속에서 중추적인 역할을 할 수 있는 날이 오는 것이다. 대한민국 세팍타크로의 무궁한 발전을 항상 기원한다.

그리고 나를 만나 고생만 실컷 한 집사람에게 진심으로 미안하고 또 감사함을 전하고 싶다.

전 세종하이텍고등학교 세팍타크로 감독

백 봉 현

1 세팍타크로 감독이 되어서

2 세팍타크로 감독의 길

3 숨 막히는 경기 그 현장 속의 감독

1

세팍타크로 감독이 되어서

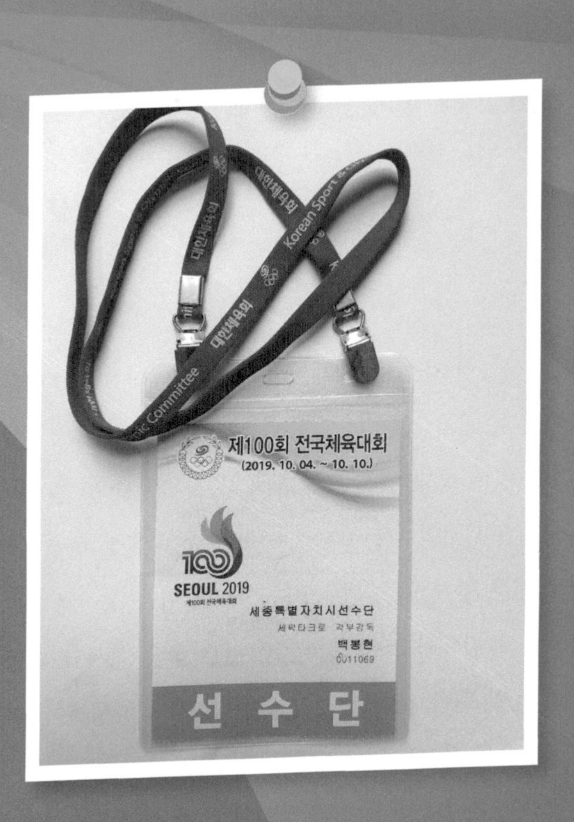
대한체육회
Korean Sport
Committee
제100회 전국체육대회
(2019. 10. 04. ~ 10. 10.)
SEOUL 2019
세종특별자치시선수단
백봉현
선 수 단

7

부강공고로 와서 처음 본 세팍타크로

2010년 3월 1일 자로 충청북도 청원군 부용면 소재 부강공업고등학교에 부임하였다. 역사 깊은 특성화고등학교로서 4개 과에 36학급의 규모가 큰, 전통 있는 학교이다. 학교 위치가 청주에서 좀 떨어져 있다 보니 학생들이 청주 시내의 고등학교로 진학을 하지 못한 학생들이 떠밀려 와서 입학 성적은 좋지 않은 편이었다. 학교생활을 성실히 하면 대부분 기능사 자격증도 취득하고, 졸업하면서 바로 좋은 회사로 취업이 되고, 원하면 동일 계열 대학 진학도 많이 하는데, 일부 학생들이 그렇지 않아서 선생님들의 속을 썩이는 경우가 흔히 있었다.

체육 교사는 총 2명으로, 같이 발령받은 안 선생님은 나이는 나보다 두 살 아래지만 핸드볼을 전공하셨고, 교감 자격 연수를 받고 승진 발령을 앞두고 계신 훌륭한 분이시다. 학교에서 세팍타크로부를 지정 종목으로 육성하고 있었고, 둘 중 한 명이 세팍타크로부를 맡아야 할 처지인데, 안 선생님이 나이 어린 본인이 하겠노라고 하셔서 나는 운동부 없이 좀 편히 근무할 수 있어서 진심으로 고마웠다.

처음 본 새로운 종목 세팍타크로 경기를 1년 동안 곁에서 지켜볼 수 있었다. 세팍타크로 경기는 보기에는 참 재미있는 운동이다. 쉽게 생각하고 한번 해 보니 세팍 공이 예민하여 말을 잘 듣지 않는다. 공이 발등뼈나 복

숭아뼈에 맞으니 통증이 심하다. 딱 한 번 해 보고 나서 다음부터 절대로 코트에 들어가지 않았다. 재미있게 경기를 하는 수준이 되려면 최소 두 달 정도는 재미없는 기본기를 배워야 한다.

우리 학교 선수들 3명이 모두 3학년이고 수준도 상위권에 있어서 모두가 입상을 예상하는데 이상하리만치 지독히 운이 없는 1년이었다. 1년 내내 시합을 앞두고 선수 부상에 시달렸다. 한 명이 무릎에 부상이 생긴 뒤 치료되면 다른 사람이 어깨 부상이고, 심지어 김천 시합에서는 선수가 모두 정상적인 상태인데 경기장에 들어가면서 얼굴에 벌을 쏘여 시합을 망치고, 고성 전국체전에서는 모두 정상적으로 몸을 잘 만들었는데, 대진 운마저 없어서 하필 첫 상대가 이번 체전 우승 팀인 경기도 대표 평택기계공고이다.

경기도는 전국에서 유일하게 고등부가 3팀이 예선을 거쳐 1위 팀이 전국체전에 참가하기 때문에 매년 강팀으로 늘 우승 후보이다. 경남 고성에서 전국체전 1차전을 경기도 대표 평택기계공고와 매 세트 듀스까지 가면서 너무나 아쉽게도 2:3으로 패하였다. 망연자실한 선수들과 안희철 감독님과 곽성호 코치님이 체육관 밖에서 후들후들 떨면서 발걸음을 내딛지도 못하고 주저앉아 정신 나간 멍한 표정이 눈에 선하다. 듣기로 이긴 평택기계공고 감독님도 우리와 경기 후 손이 떨려서 식사도 못 하셨단다.

그렇게 1년 내내 참으로 운이 없던 승수, 우영, 민환이. 지금은 어디서 무얼 하든지 운과 복이 가득하게, 즐겁고 행복하게 생활하고 있길 기원한다.

감독이 되다, 그리고 2년간 동네북 신세

행정중심복합도시로 세종특별자치시가 생기면서 충북에서 청원군 강내면 일부와 부용면이 세종시에 편입될 예정이었다. 세종시 편입 결사반대 현수막과 편입 적극 찬성 현수막이 부강 여기저기 어지럽게 걸려 있다. 주민 투표로 세종시 편입 찬성 여부를 물어보았고, 그 결과 강내면은 반대하여 충북에 그대로 있게 되었고, 부용면은 찬성이 많아 세종시로 편입이 결정되었다. 강내면에 있는 한국교원대학교와 충청대학교가 세종시에 편입되지 못하여 아쉽지만, 연기군 나머지 전부가 추가로 세종시에 편입되어 조치원에 있는 고려대학교와 홍익대학교가 세종시 내의 대학교로 존재하게 되었다.

부용면에 소재한 부강공고도 세종특별자치시 소속으로 바뀔 예정이었다. 이어서 청주에 연고가 있는 선생님들이 대거 충북으로 인사이동을 하셨고, 1년 동안 세팍을 지도하신 안 선생님도 교감 승진 발령으로 학교를 떠나셨다. 그러나 세종시 교육청에서는 후임 체육 교사를 발령 내지 않고 체육 순회 교사를 3명이나 오도록 하여 학교의 체육 업무를 나 혼자 하게 되었다.

세종특별자치시 출범 초창기의 어수선함이 그대로 보였고 세종시 교육청 체육 담당 장학사님도 체육과 출신이 아닌 초등교사 출신이셨다. 인접

시, 도와 교육부에 문의하여 모든 것이 처음 시작인 세종특별자치시 체육보건 관련 각종 규정을 새로 만드시고, 세종시 스포츠클럽 대회나 교육감기 대회를 준비하시느라 매우 힘드셨으리라 생각된다. 세종시에 공설운동장도 없어서 천안이나 공주의 운동장을 빌려서 세종시 교육감기 육상대회를 타 시, 도에서 하는 등 모든 것이 걸음마의 열악한 실정이었다. 초등 출신 장학사님 혼자서 체육에 대하여 잘 모르시지만 학교 체육 및 운동부를 적극적으로 도와주셨다. 박대응 장학사님이 정말 수고 많으셨다.

나 역시 학교에 순회오는 3명의 선생님이 수업을 진행하도록 체육과 교육계획과 전 학년 수행평가, 각종 체육 행사 및 체력 평가에다 세팍타크로부 감독까지 맡아서 그야말로 정신없이 바쁜 1년이었다. 부강공고가 세종시로 간다고 충북교육청에서 모든 지원이 끊어졌다. 학교에 체육관 건립이 확정이었는데 바로 취소되었고, 전국기능경기대회 대회 장소로 결정되어 대회 진행을 위한 관련 시설들이 개선될 예정이었는데 기능경기대회 장소를 갑자기 변경하여 부강공고는 전국기능경기대회 장소에서 제외되었다.

심지어 세팍타크로 코트도 충북체육회에서 지원된 것이라고 하여 충북체육회의 지시로 충북 세팍타크로협회에서 싣고 가서 충북의 신설 세팍타크로 팀에 설치하였다. 충북에서도 갑자기 새로 팀을 창단하려니 어려움이 있었을 것이다. 덕분에 세종시체육회에서 대신 고가인 매트를 지원해 주셔서 파란색의 코트 매트 2개가 새것으로 강당에 깔렸다.

세팍타크로 감독이 되었지만, 업무 처리 및 수업으로 운동 시간에 강당으로 자주 올라가 볼 시간도 없는 눈코 뜰 새 없는 바쁜 생활의 연속이었다. 수준은 전국 하위권으로 전락했고 오랫동안 지도하셨던 곽성호 코치님이 실업 팀 감독으로 자리를 옮기시고 본교 출신 김영환 코치님이 선수를 지도하시게 되었다.

주축 선수 3명이 모두 졸업하고 남은 선수 2명에다 일반 학생 중에 새로운 선수를 뽑아서 5명을 간신히 만들었다. 감독, 코치, 선수가 새로 시작하는 신생 팀이 되었다. 당연히 시합 나가면 동네북 신세였다. 부강공고 만나면 상대 팀은 모두 좋아했고 2년 동안 입상 한번 못 하였으며, 선수들을 새로 뽑아 기본기를 간신히 익힐 때쯤인 여름방학이 되면 하나같이 운동을 그만두었다. 이듬해 김영환 코치님이 군에 가게 되어 전영만 코치님이 오셨고, 선수들에게 운동을 지도하기보다는 방학이면 청주로 부강으로 선수들을 모시러 다니기에 바빴다.

전국체전에 세종시 대표로 출전하기 위해 5명의 인원이 필요하여 체전 때까지만 같이 하자고 사정사정하여 인원을 간신히 채워서 참가에 뜻이 있는 순수한(?) 팀으로 전락하였다. 세종시 세팍타크로협회가 결성되었으며 전영만 코치님에게 오랫동안 세종시에 있으면서 세종시 세팍타크로를 끌고 가길 부탁하고 세종시협회 전무이사직을 부탁하였다.

이렇게 들러리만 서는 팀에서 2년 동안 함께 하면서 점차 세팍타크로에 대하여 조금은 알 것 같았고, 선수 확보가 최우선임을 절실히 느끼고 가까운 부강중학교 체육 선생님을 찾아가서 간곡히 부탁드려서 협조를 잘 받아 감독 취임 3년째부터 부강중학교 세팍 팀도 같이 시합 다닐 수 있었다.

노란색 공인구로 바뀌어서 학교에 많이 남아 있는 갈색 세팍타크로 공을 인근 중학교에 학교당 5개씩 돌리고, 중학교 체육 선생님들에게 중학생 중에서 리프팅 200개를 하는 학생이 있으면 연락 달라고 부탁하였다. 다행히 부강중학교에서 협조해 주셔서 수업 후 선수 4명을 보내 주어 같이 운동하여 체육관이 꽉 찬 느낌으로 선수들을 보고만 있어도 흐뭇하였다.

그리고 중학생의 대회 참가 경비를 세종시체육회에 부탁하여 지원받아서 부강중학교 때부터 시합 경험을 할 수 있었다. 적극적으로 협조해 주신 부강중학교 김현철 선생님께 진심으로 감사드리며, 이렇게 시작한 중학교 선수들 덕으로 우리도 점차 전국 상위권으로 발돋움할 수 있었다. 그렇게 우리는 세종특별자치시 소속으로 대구에서 열리는 전국체육대회에 처음으로 참가하였다.

세팍은 당연히 1차전에서 패하였지만 세종특별자치시 출범 후 역사적인 첫 메달이 체전 개회식을 하기도 전에 부강 출신 박종광 선수가 우슈·쿵푸 종목 산타 부문에서 동메달이 나왔다.

족구장 개장식에서 세팍타크로를 홍보하다

세종특별자치시가 새롭게 출범하면서 각 종목이 세종시에 뿌리를 내리기 위하여 중앙 협회로부터 적극적으로 심혈을 기울여 세종시협회 창립을 위하여 노력하고 있다. 세종시에서 유일한 특성화 고등학교인 세종하이텍고에서 운동부 좀 창단해 달라고 학교로 찾아온 종목만 하여도 육상, 태권도, 여자골프, 수영, 우슈·쿵푸, 배구, 축구 등이다. 시장님과 교육감님을 뵙고 허락을 얻었다고 막무가내로 강하게 부탁한다.

팀 창단만 하면 학교의 예산 지출 없이 협회에서 모든 지원을 해서 메달을 가져오겠다고 애원하듯이 매달렸으나 시내 중심부에서 신설되고 있는 규모가 큰 학교에 부탁해 보시라고 하고 우리는 세팍타크로 하나도 힘들다고 하면서 모두 힘들게 거절하였다.

그런데 거의 모든 학교가 여러 가지 신경이 많이 쓰이고, 안 해도 되는 운동부를 누구 하나 선뜻 나서서 하려고 하지 않았다. 육상 태권도 등 일부 개인종목만 마지못해 육성하고 있고, 세종시 출범 10년이 지나도록 축구, 배구, 농구, 야구 등 인기종목도 세종시 학교 팀이 없는 실정이다. 더욱이 매스컴에서 운동부의 안 좋은 점으로 폭행, 성범죄, 횡령 등 사건들이 계속 보도되어 학교 관리자가 굳이 운동부를 할 이유가 없었다. 이 어려운 시대적 여건 속에도 세종시 안에 세종하이텍고 세팍타크로부가 당당히 존재하니 대단한 일 아닌가?

조치원에서 족구 전용 구장을 신축하여 개장을 앞두고 있었다. 마침 세종시 세팍타크로 협회장님이 세종시 족구 협회장을 겸하셔서, 족구장 개장식에 세종 시장님을 비롯하여 교육감님과 내빈들도 많이 참석 예정인데, 이 자리에서 세팍타크로 시범 경기도 하고 세팍타크로를 홍보하는 것이 어떠냐고 하시기에 매우 좋은 생각이라고 말씀드리고 적극적으로 세팍타크로를 세종 시민 앞에서 소개할 기회가 나에게 주어졌다. 2012년 6월 24일에 조치원에서 족구장 개장식 후 예정된 족구 경기를 시작하기 직전에 세팍타크로 홍보에 주어진 시간이 약 30분 정도이다.

야외 족구장에 세팍과 높이가 같은 이동식 배드민턴 네트를 족구장 중앙에 설치하고 바닥은 인조 잔디인데 별도로 세팍타크로 라인은 그리지 않았다. 세종시 인근의 일반부 청주 시청 팀과 대학부 목원대학교 팀에 연락하여 어렵지만 주말에 시간 좀 내서 세팍타크로를 홍보하자고 부탁하여 감사하게도 세팍을 사랑하는 마음으로 기꺼이 도움을 받기로 하였다.

드디어 족구장 개장식에서 내가 마이크를 잡고 많은 족구인과 내빈들 앞에서 전국 최강 실업 팀 청주 시청과 대학부 우승 팀 목원대학교와 고등부 3위 하이텍고라고 팀 소개를 하고, 세팍타크로에 대하여 설명과 함께 기본기술을 보여주고 연습 경기를 잠깐 하면서 세팍타크로 종목을 홍보하였다.

패스, 서브, 리시브, 세팅, 공격 등 기본기를 보여 주면서 세팍타크로의 역사와 특징들을 설명하였다. 모두가 가까이에서 처음 본 단단하고 구멍이 숭숭 난 세팍타크로 볼과 혼자 세 번 접촉해도 되는 색다른 종목이었고 특히 세팅 후 화려한 롤링 공격과 탭 공격 등 묘기에 박수와 감탄사가 터져 나왔다.

시범 경기를 마치고 준비해 간 세팍타크로 갈색 공 20개를 내빈 및 관중에게 선물하였다. 공을 서로 받으려고 반응이 폭발적이었다. 그리곤 잠시 후 어르신 한 분이 세팍 공을 들고 나한테 와서 공에 사인 좀 해 달란다. 저기에 청주 시청 선수 중에 국가대표선수가 있으니 저 대표선수한테 사인을 받으시라고 사양하였으나 꼭 감독님 사인을 받아야겠다고 하셔서 난생처음으로 세팍 공에 내 이름으로 사인을 해 드렸다. 여기저기 족구장 밖에서 세팍타크로 공을 가지고 차보고는 마음대로 되진 않지만 즐겁게 노는 모습이 보기 좋았다. 대단히 성공적인 세팍타크로 홍보 활동이었다.

선수들과 같이 천막에서 주최 측에서 준비한 점심 식사로 육개장을 간단히 먹고 있는데 지역 신문인 '세종포스트' 기자라는 분이 처음 보는 새로운 종목이고 신선하게 보았노라고 하시면서, 세팍타크로에 대하여 좀 더 자세히 알고 싶으니 잠깐 시간 좀 내달라고 하셔서 쾌히 허락하고 선수들을 모두 보낸 후에 한참 동안 여러 이야기를 나누었다.

고맙게도 6월 26일 자 지방지인 세종포스트에 한 면 전체를 할애하여 '인물' 코너에 마이크를 잡고 있는 커다란 내 사진과 선수들이 시범 보이는 사진을 곁들여서 함께 세팍타크로가 소개되어 세종 시민에게 널리 알렸다. 세종포스트와 정일웅 기자님께 감사드립니다.

지역 효자 종목 '세팍타크로' 선수 지원 이어져야

정일웅 기자 **승인 2012.06.26. 17:40**

‖ 부강공고 세팍타크로 국내 최강… 선수 육성 및 진로 대책은 '미흡'

▲ 부강공고 세팍타크로 팀 선수가 공을 받아치는 모습(사진 생략)

"세종시 출범에 맞춰 실업 팀(세팍타크로)이 창단되면 좋겠습니다. 그렇게 되면 아이들 장래도 보장되고, 또 강팀으로 성장할 수 있는 원동력이 될 겁니다." 24일 연기군 족구 경기장 개장식에서 만난 부강공고(남호정 교장) 세팍타크로 백봉현(56) 감독이 세종시가 실업 팀을 창단해 줄 것을 제안했다.

세팍타크로가 우리나라에 도입된 것은 1987년이다. 부강공고는 4년 후인 1991년에 창단했다.

세팍타크로는 전국체전과 아시안게임 정식종목으로 채택됐지만, 일반인에 생소한 종목이다. 중등부 팀이 없는 탓에 고등학교 때부터 선수 생활이 가능하다는 점은 종목의 악재로 작용하기도 한다.

현재 활동하는 세팍타크로 팀은 전국적으로 고등부 14개, 대학 8개, 실업 6개에 불과하다. 타 종목에 비하면 턱없이 작은 수치다.

▲ 백봉현 감독(사진 생략)

백 감독은 "세팍타크로가 비인기 종목이다 보니 선수층이 얇고, 팀이 창단되는 일도 드물다"고 했다. "그만큼 선수들의 진로가 확보되기 어렵다는 얘기기도 하다"는 그는 "타 광역시의 경우 실업 팀을 창단해 선수들을 영입하고 있다"는 점을 근거로 "세종시 출범 이후 세팍타크로 창단 필요성"을 강하게 어필했다.

그의 주장에는 부강공고 팀이 전국대회에서 연이어 우수한 성적을 거두고 있다는 점이 뒷받침된다. 실제 이 팀은 2001년 세팍타크로 전국대회에서 4관왕을 차지하는 등 다수 경기에서 저력을 나타냈다.

또, 이 학교 출신으로 대학에 진학해 대학 팀에서 두각을 나타내면서 부강공고 세팍타크로 팀이 명실공이 강팀으로 자리매김해 온 것도 사실이다.

하지만 부강공고가 전국적으로도 이미 강팀으로 인식되는 데 비해 그에 따른 지원책은 미흡하다. 고등학교에서 대학을 진학하고, 막상 사회에 나갔을 때는 선수 생활을 지속할 수 있는 근거가 마땅치 않다는 얘기다.

백 감독은 "선수들의 미래가 보장되지 않는 상황 탓에 운동을 지속하기 어려운 게 현실"이라며 "실력이 있고, 하고자 하는 의지가 있음에도 불구하고 중도에 운동을 포기하는 경우도 생긴다"고 안타까워했다.

그러면서 "세팍타크로 팀의 경우 운영하는 데 소요되는 비용이 적어 타 종목에 비해 유지하는 데 유리한 점이 있다"며 "큰 비용 없이 선수들의 미래와 종목 활성화시키고, 우리 지역을 대표할 수 있는 종목이 될 수 있는 만큼 (출범 이후) 세종시 차원에서 실업 팀을 창단하고, 지속적인 관심과 지원을 해줬으면 하는 바람이 크다"고 했다.

▲ 부강공고 팀 선수의 공격을 막아내려 몸을 띄운 목원대 팀 선수(사진 생략)

한편, 세팍타크로는 15세기 동남아에서 유래된 이후 1990년 북경아시안게임 정식 종목으로 채택됐으며, 우리나라에서는 2000년 전국체육대회 정식종목으로 채택됐다.

일반적으로 이 종목은 족구와 혼동돼 생각하기 쉽다. 하지만 경기 중 손을 제외한 모든 신체 사용이 가능하다는 점과 한 선수가 3번 모두 드리블해 상대진영으로 볼을 넘길 수 있다는 점 그리고 공이 땅에 닿는 순간 실점한다는 점은 서로 다른 점이다. 또, 족구는 4명의 선수가 한 팀이 되는 데 비해 세팍타크로는 3명의 선수가 한 팀이 된다는 점도 차이점이다.

경기에 사용되는 공 규격은 남자용 42~44cm, 여자용 43~45cm로 구분되며, 자연 등나무나 인조섬유를 이용해 12개의 구멍과 20개의 교차점을 갖는 특징을 갖는다.

<세종시가 처녀 출전하는 전국체전을 앞두고 세종포스트에 소개된 기사이다>

전국체전 향해 화끈하게 내리꽂는 발 스파이크

송길룡 **승인** 2012.10.10. 15:11

‖ 전국체전 첫 출전- 고등부 부강공고 세팍타크로 팀

노란색 줄무늬가 있는 작은 공이 공중에 떠오르자 적절한 타이밍을 노려 발을 들며 점프. 순식간에 네트 앞에서 선수의 몸이 거꾸로 180도 회전하며 발이 공중으로 치솟는다. 경기 종목 이름이 생소하지만 세팍타크로의 매력은 눈에 보이지 않을 만큼 빠르고 강한 발 스파이크에 있다. 이 경기는 직접 관전하는 것만큼 흥분시키는 게 없을 정도로 파워풀하고 활력이 넘친다.

지난 5, 6일 양일간에 걸쳐 전국체전 출전 준비에 여념이 없는 부강공업고등학교(교장 남호정) 세팍타크로 팀을 찾아가 훈련상황을 시켜봤다. 마침 전국체전 대진표상에서 멀리 떨어진 서울 대표 성수공고 팀(남현섭 코치)과 친선 경기를 하고 있었다. 이를테면 서울특별시 대 세종특별자치시 사이의 '특별시 대항전'인 셈.

그런데 스코어를 보니 부강공고 팀이 약간 뒤지고 있었다. 백봉현 감독의 지시를 받으며 선수들이 더욱 긴장을 하고 경기에 임했다. 아무리 친선 경기라도 밀리는 게임은 선수 본인들도 싫은 법. 서로 호흡을 맞추며 한 점 한 점 따라붙기 시작했다. 두 팀은 엎치락뒤치락 호각지세를 이루는 사이다.

세팍타크로는 3명이 한 팀을 이뤄 15점 5게임 3선승제로 치러진다. 3명의 선수는 각각 자신의 역할이 따로 있다. 부강공고 팀으로 이번에 출전하는 김정만 선수(주장, 2학년)는 공을 배급하는 '피더', 김제환 선수(2)는 서브를 담당하는 '택공', 김제형 선수(1)는 발 스파이크로 공격하는 '킬러'다. 김제환, 김제형 선수는 형제다.

세팍타크로 팀에 남다른 애정을 보이는 부강공고 남호정 교장은 "고등부 선수들은 학년에 따라 기량의 차이가 크다. 우리 팀은 1, 2학년 선수들로 구성되어 있어 다른 팀에 비해 그런 점에서 불리한 편이다. 아마도 내년에는 최고의 기량을 보일 것이다"라며 신중한 모습으로 선수들을 소개했다.

세팍타크로는 현재 국내에서 중등부 팀이 없는 것으로 알려졌다. 소년체전 정식종목이 아니라는 점이 작용했다. 이에 따라 전국체전 종목으로 출전 가능한 고등부에서부터 선수 생활이 시작된다. 다른 종목에 비해 짧은 훈련경력으로 기량을 갖춰나가는 것이 관건이다. 지금의 부강공고 세팍타크로 팀은 비록 1, 2학년 선수들로 이뤄졌지만 서로 호흡을 맞추며 상호보완의 역할을 할 정도로 꾸준한 노력을 통해 급성장했다. 선배들의 눈부신 활약과 성과들을 이을 준비를 탄탄히 마련했다.

더욱이 국가대표로 지내다 군 복무를 하고 부강공고 세팍타크로 팀에 합류한 전영만 코치의 지도 역시 장점으로 작용했다. 국내 정상급을 넘어 세계정상급의 수준을 갖춘 지도자의 충실한 훈련은 선수들의 기량 향상에 큰 보탬이 됐다.

부강공고 세팍타크로 훈련장에는 충북 대표로 출전하던 시절부터 함께 했던 청주 시청 실업 팀이 전국체전 준비로 한편에서 연습을 하고 있었다. 일반부 실업 팀이 치르는 경기는 고등부보다 훨씬 더 파워풀하다.

현재 국내에는 전국적으로 6개 정도의 실업 팀밖에 없다. 그중 충북은 고등부-대학부-실업 팀까지 연계가 잘 돼 있어 선수층도 두텁고 그에 따라 각종 대회에서 눈부신 성과를 보이고 있다. 청주 시청 팀은 전원이 현재 세계대회 국가대표로 구성돼 있을 정도다. 세계선수권대회 우승도 거머쥐었다. 거기에는 부강공고 출신의 현역 선수도 포함돼 있다. 지역 내에 세팍타크로 실업 팀이 존속한다는 것은 그만큼 중요하다는 것을 여실히 보여준다. 세종시에서의 실업 팀의 창단이 절실해지는 것은 그 이유다.

백봉현 감독은 "세팍타크로가 다른 종목에 비해 장비나 설비 측면에서 큰 비용이 들지 않기 때문에 팀 운영이 용이한 측면이 있다"고 설명하며 "관심을 가지고 선수 발굴과 지원을 곁들이면 훨씬 더 큰 성과들을 얻게 될 것이다"라며 세팍타크로의 장점을 소개했다.

부강공고 세팍타크로 팀의 전통 깊은 역량이 세종시 명품체육의 위상을 높이는 단초가 될 것이라는 것을 예상할 수 있는 대목이다. 전국체전에서의 성과를 넘어 세팍타크로 팀의 전망은 세종시의 미래와 함께 열릴 것으로 기대된다.

〈2018년에 세종시에서 발행하는 《세종》에도 소개되어 세종시 전역에 배포되었다〉

특집 세종 08

시골학교 어려움 딛고 전국 최고 수준으로 발돋움

세종하이텍고등학교 세팍타크로팀

지난 겨울, 여자컬링은 2018 평창동계올림픽에서 최고의 인기종목으로 우뚝 섰다. 사상 첫 은메달이라는 성적, 영화 같은 경기 전개, 그리고 팀 결성부터 올림픽 무대까지 이어진 흥미로운 이야기 등 흥행요소들이 더해진 결과다. 우리 세종시에도 언제든 기회만 주어지면 '제2의 컬벤져스'가 될 수 있는 저력이 있는 선수들이 있다. 끈끈한 팀워크와 실력까지 갖춘 세종하이텍고(교장 이재규) 세팍타크로 선수들이다. 새로운 시즌을 앞두고 전국 최강을 향해 구슬땀 흘리고 있는 세종하이텍고 세팍타크로 선수들을 만나봤다.

세종사람, 사람들

전국 최강 세종하이텍고 세팍타크로팀

말레이시아어로 '차다'는 뜻의 '세팍'과 태국어로 '공'을 뜻하는 '타크로'의 합성어인 세팍타크로는 15세기 동남아시아에서 시작된 스포츠다. 세부종목은 공격을 담당하는 '킬러', 서브와 리시브가 주 역할인 '피더' 그리고 서브를 넣는 '테콩'으로 구성된 3인조 경기 '레구'와 킬러와 피더만 참가하는 '더블' 종목으로 나뉜다. 낯선 명칭이 가득하지만 배구와 족구를 합쳐놓은 듯한 익숙한 경기방식과 눈길을 사로잡는 화려한 기술 덕분에 한번 접하면 매력에 빠질 수밖에 없다.

우리나라에 처음 세팍타크로가 소개된 건 지난 1987년. 그리고 4년 뒤인 1991년 세종하이텍고의 전신인 부강공고에 세팍타크로팀이 창단됐다. 부강공고 세팍타크로팀은 지난 2012년 청원군 부용면이 세종시에 편입되며 세종시를 대표하는 효자종목이 됐다. 특히, 지난 2015년 제28회 회장기 대회 더블 우승을 시작으로 지난해에는 2차례의 우승을 포함 9번의 전국대회에서 모두 3위 안에 입상하는 등 인상적인 성적을 거뒀다.

지역 내 연계육성으로 선수 수급

많은 어려움을 이겨내고 거둔 성적이라는 점에서 세종하이텍고의 선전은 더욱 의미가 있다. 실제로 비인기종목, 선수수급이 어려운 시골학교라는 점 때문에 한동안 팀 성적은 중위권을 맴돌았다. 하지만 '해답'은 의외의 곳에서 나타났다. 선수 수급을 위해 부강중학교 등과 연계해 학생들에게 세팍타크로의 매력을 알린 백봉현 전 감독과 곽영덕 코치의 노력이 빛을 발한 것. 덕분에 안홍균(3학년, 주장·킬러), 윤찬송(3학년, 테콩), 박장현(2학년, 킬러), 오주용(1학년, 테콩), 이한(1학년, 피더), 천호준(1학년, 킬러) 등 선수 6명 가운데 신입생이 절반을 차지한다. 여기에 어린 시절부터 함께 뛰어놀던 옆집 형, 앞집 친구들로 구성된 끈끈한 팀 분위기와 학교 및 관련 기관의 지원까지 더해지며 상승세를 이끌었다.

지난해까지 8년간 팀을 이끌어온 백봉현 전 감독은 "마을마다 세팍타크로 선수가 한 명씩은 있다"며 "평소에 인성교육과 성실함을 강조해 이미지가 좋았던 점도 긍정적으로 작용한 것 같다. 덕분에 삼형제가 모두 우리 팀에서 운동을 하기도 했다"고 설명했다.

전국체전 등 각종 대회를 우승할 것

선수들에게 가장 어려운 훈련이 무엇인지 묻자 한 목소리로 '스트레칭'을 꼽았다. 종목 특성 상 '유연성'은 세팍타크로 선수들이 갖춰야 하는 가장 기본적인 덕목. 덕분에 전체 훈련시간 중 스트레칭이 차지하는 시간도 길다. 여기에 화려한 공중 동작이 많아 부상 위험도 늘 따라다닌다. 그럼에도 운동을 계속하는 이유는 세팍타크로가 너무 좋기 때문. 주장 안홍균 군은 "시합이 끝나면 아픔이 밀려와 진통제를 먹고 다음 시합에 나갈 때도 있다"며 "하지만 공격을 할 때의 짜릿함이 좋다. 정말 재미있고 세팍타크로를 좋아한다"고 말했다.

앞으로의 목표를 묻자 윤찬송 군은 "지난해 마지막 대회인 전국체전에서 우승을 놓쳐 아쉬움이 남는다. 올해는 전국체전은 물론 최대한 많은 대회에서 우승하고 싶다"며 "좋은 성적을 통해 많은 사람들에게 세팍타크로의 매력을 알리고 싶다"고 답했다.

이어 백봉현 전 감독은 "그동안 많은 팀을 이끌었지만 고향인 세종시 선수단 소속으로 첫 단체전 메달을 따게 된 기쁨을 잊지 못한다"며 "가까운 미래에 우리 세종시에도 세팍타크로 실업팀이 생겨 지역의 우수한 선수들이 우[illegible]리를 대표하는 선수로 성장할 수 있[illegible] 바란다"고 밝혔다.

세팍타크로 감독이 되어서 지도자 연수를 경기도 고양체육관에서 받았다. 처음 세팍타크로 규칙을 접하면서 김동관 선생님이 알려 주시는데, 너무 이상한 부분들이 바로 눈에 띄었다. 질문을 해도 웃음으로 넘어간다. 배구와 농구 지도 교사로서 배운 규칙들과 비교되면서, 세팍타크로 규칙이 너무나 엉성하다고 느꼈다. 우리나라에 들어온 지가 20여 년이 지났는데 아직도 초창기 냄새가 물씬 난다. 우리의 정서나 현실에 맞지 않는 부분이 많이 있는 것을 보고 학교에 돌아와서 집중적으로 규칙에 대하여 공부하였다.

우리나라 규칙을 영어로 된 국제연맹 규칙과 하나하나 대조해 가면서, 우리말로 해석과 현장에서 적용하고 있는 부분들을 세밀히 체크해 보았는데, 체육 전문가 아닌 자가 아시아연맹 규칙을 단순하게 우리말로 번역해 놓은 것임을 바로 알 수 있었다. 규칙은 엄격하게 지켜져야 한다. 그러자면 여러 가지 경기 상황에서 벌어지는 일들이 명확하게 판정되도록 세밀히 규정되어야 한다. 배구와 농구 규칙은 일어나는 여러 가지 상황별 판정 사례까지 책이 한 권 분량이다. 이에 비하면 세팍 규칙은 너무 간단하다.

규칙에 없는 상황이 벌어져도 신기하게도 경기가 술술 잘도 진행된다.

규칙이 우리와 맞지 않으면 수정하면 되고, 경기 규칙은 반드시 지켜야 되는 헌법이다. 크게 항의하지 않고 세팍인 모두가 가족적인 분위기에서 서로 이해하고 다툼이 없이 웃으며 그냥 그냥 잘 넘어간다. 그러니 발전이 없다. 그래서 규칙을 하나하나 뜯어 보면서 어색하거나 이상한 부분을 빨간색 펜으로 나름대로 수정해 가면서 고쳐 보았다. 손을 대지 않은 곳이 없다. 아무리 보아도 너무 엉성한 규칙이다.

대한세팍타크로협회 주영철 심판부장님이 가까운 신탄진에서 근무하시는 것을 알고 신탄진중학교 교무실로 여러 번 전화해서 선생님과 통화가 연결되었다. 처음 팀을 맡아서 세팍에 대하여 궁금한 부분이 있고 또 가까운 대전에 살고 있음을 말씀드리고, 인사도 겸해서 한번 뵙고 싶다고 하여 저녁 식사 약속을 하였다. 유성에 있는 왕족발 집에서 둘만의 편한 식사가 시작되었고, 나보다 ROTC 한 해 선배님이셔서 반갑기도 하면서도 제일 어려운 바로 직속 선배님이라서 깍듯이 모셨다.

소주도 한잔하면서 서먹한 분위기가 사라지고 초창기 신탄진 세일고등학교에서 세팍 선수를 지도하셨던 경험과 부강공고와 시합했던 과거 이야기가 자연스럽게 나왔으며, 여러 가지 새로운 것을 배울 수 있었다. 그리고 규칙에 대하여 이상한 부분들이 있다고 말하니 주머니에서 준비해 오신 규칙집을 꺼내셨다. 내가 가지고 간 빨간 펜으로 수정한 규칙들이 가득 적혀 있는 규칙을 보여 드리면서 하나씩 하나씩 질문을 하였다.

질문이 계속 이어질수록 선배님의 표정이 점차 굳어지신다. 얼굴이 하얗게 변하신다. 그리곤 내가 나름대로 수정한 규칙집을 달라고 하신다. 협회 차원에서 회의해 본 후에 틀린 부분은 고치겠다고 하시면서 내 질문은 도중에 끝내고 마냥 좋은 분위기만은 아닌 상태에서 식사를 마쳤다. 당돌한 초짜 감독한테 여러 가지를 지적당하여 기분이 좋지 않으셨을 것이다. 죄송하기도 하지만 언젠가 누군가는 바로 잡아야 할 사항들이 아닌가?

- 선수 교대는 어디서 하는지? 주심 옆, 부심 옆, 엔드라인, 아무 곳?
- 엔드라인, 베이스라인, 바운더리 라인? 또 파울과 폴트, 실점? 용어가 통일되지 않았다.
- 구획선 밖 3m 이내에 장애물이 없어야 한다고 하지만 실제는 구획선 밖 1m까지 파란색 매트이고 바로 마루가 나온다. 매트를 규칙대로 최소 3m 밖까지 해 줘야 한다.
- 퇴장당하면 US 달러로 벌금을 내야 하는 이상한 규칙도 있다.
- 주심의 의자를 건드리면 실점? '심판대'라는 고유명사가 있는데 'Umpire's chair'를 직역해서 '주심의 의자'라는 이상한 단어를 써 놓았다.
- 공의 무게가 160mg? '그램'의 표기가 g, gr, gm 등인데, 아마도 번역 시 gm을 mg로 잘못 표기한 것 같았다. 160mg은 알약 하나의 무게이다. 이제까지 규칙과 다른 엉터리 공을 가지고 시합을 한 꼴이다.
- 네트의 폭이 0.7m이고 격자 사각형 크기는 6~8cm인데 12긴의 네트를 쓴다. 계산해 보면 분명 규칙에 어긋난 불법 네트이다.
- 심판이나 벤치에서 하는 정확한 '핸드시그널'이 도해로 규칙집에 있어야겠다.
- 공이 오면 피하기 바쁜 볼 보이 학생이 선심?
- 경기 중 상대편을 향한 이상한 말이나 행동은 바로 '퇴장'인데 스포츠맨십에 어긋나는 보기 흉한 장면들이 계속 나온다.
- 다른 종목들은 네트 맞고 득점하면 손을 들어 보이든지 또는 '쏘리!', '굿럭!' 하는데 세팍 시합 중에는 이런 모습과 반대로 '약 오르지?' 하듯 상대에게 더욱 소리를 지른다.

- 경고나 퇴장 시에 이상하게도 상대 팀에게 점수는 주지 않는다.
- 교내 체육대회도 아니고 점수판을 손으로 넘기는 시대는 아닌 것 같다.
- 횡성 대회에서 유니폼 색이 우리와 같은데 규정상 상대 팀이 바꾸어 입어야 한다고 주심한테 말하였더니 "그냥 하시죠! 이제까지 유니폼 바꿔 입힌 적이 없습니다"라고 한다.
- 유니폼 상의 앞에 꼭 있어야 할 넘버가 없어도, 또 주장 완장이 없어도 아무 일 없는 듯 자연스럽게 잘도 진행된다.

위 사항들 외에도 계속 쓴소리로 협회에 이것저것 자꾸 건의해서인지 몰라도 아무튼 규칙도 많이 정비 되었고 경기 진행도 발전적으로 많이 개선되어 미약하나마 우리나라 세팍타크로 발전에 조금이나마 역할을 한 것 같아 참으로 다행이며 약간의 자부심도 갖는다.

이후 세종 세팍의 기둥 곽영덕 코치의 은사님이신 주영철 선생님은 다른 사람에게 나를 소개할 때마다 과분하게도 "세팍 규칙에 관해서는 최고 박사님!"이라고 하신다.

과찬의 말씀이십니다.

선배님 감사합니다.

건강하세요!

선수를 뽑아서 기본기 운동을 약간 해서 게임을 좀 할 만하면 모두 그만두고 해서 그나마 볼 컨트롤이 되는 선수 같은 선수는 정만이 혼자다. 선수 부족으로 매우 곤란을 겪고 있던 차에 학부형 한 분이 찾아오셨다. 운동장에서 수업 중에 교문 앞에서 아버님과 잠시 만나서 이야기를 나누었는데, 부강에 살고 계시고 아들 둘이 동시에 충남에서 축구를 하고 있는데 형편상 두 명의 선수 뒷바라지가 힘이 들어서 한 명은 집에서 데리고 있으면서 세팍타크로를 시키고 싶다고 말씀하셨다.

그리고 함께 온 아이를 보니 한 눈에도 힘이 좋아 보이고 운동선수 냄새가 물씬 풍긴다. 조금만 하면 바로 기량이 좋아질 것 같은 느낌이 바로 왔다. 축구를 하고 있으면 체력이나 볼 감각이 뛰어날 것이라서 일반 학생보다 적응이 훨씬 빠를 것이다. 이렇게 고마울 수가! 대환영이다. 이 아이가 바로 1학년으로 전학을 와서 킬러로 자리 잡은 둘째 재형이다. 역시 예상했던 대로 빠르게 적응하고 곧잘 한다.

다음 해에 형인 재환이가 세팍 선수로 전학을 왔다. 아버님이 축구보다 세팍이 좋을 것 같다고 하여 재형이의 형인 재환이도 데리고 오셨다. 재환이는 키가 크고 집중력이 있어서 고3이 되면서 뒤늦게 세팍을 시작했지만 몇 달이 지나지 않아 여름방학이 끝나갈 즈음 태콩으로 확실히 자리를 잡아 갔다. 재환이는 점심시간이나 야간운동을 하기 전에 개인 운동을 열심히 하여 리시브도 금방 좋아지고 활달한 성격에 파이팅도 좋아서 팀 분위기 메이커이다.

안정된 피더 정만이와 함께 힘 좋은 킬러 재형이와 태콩 재환이까지 셋이서 이제 포지션별로 어느 정도 구색을 갖추어 팀이 중위권으로 올라섰다. 형제가 선수로 들어와서 날로 안정되어 7월 말에 순창 시합에서 감독이 되어 3년째에 처음으로 3위에 입상할 수 있었다.

막내 재운이는 중3이다. 키는 3형제 중에 제일 작지만 합기도로 다져진 체력으로 제자리에서 공중돌기를 가볍게 한다. 운동 신경은 3형제가 모두 좋게 타고난 것 같다. 이쁘게도 부강중 학생 3명이 수업이 끝난 후에 매일매일 우리 학교로 뛰어 올라와서 막내 재운이를 포함하여 중3인 이성호, 정하성이 우리와 같이 운동을 열심히 한다. 중1 한이까지 중학생 4명이 모두 운동 신경도 좋고 매일 올라와서 운동하니 체육관이 꽉 찬 느낌으로 안 먹어도 배가 부르다. 여기에 가끔 청주 시청 선수들도 함께 운동하면 그야말로 체육관이 비좁다.

내년 이후를 생각해도 너무 좋은 행복한 현상이다. 이렇게 우리나라 세팍타크로 역사상 최초로 3형제 선수가 탄생하였다. 순창에서 우리 학교가 3위에 입상하여 언론에 보도되면서 3형제 선수도 함께 소개되었으며, 이성호 선수 동생인 부강중학교 1학년 다니는 한이도 세팍을 강하게 하고 싶다고 하여 운동을 시작해서 형제 선수도 탄생하였으며, 성호네 형제의 포지션은 둘 다 피더이다.

형제인데도 이상하게 3형제가 성격이 각자 매우 다르다. 맏형 재환이는 밝은 표정과 깔끔한 외모로 항상 머리가 찰랑거린다. 삼겹살을 구워도 바둑판같이 가로세로로 나란히 줄 맞추어 고기를 얹어 놓는다. 둘째 재형이는 과묵한 표정에 털털한 성격으로 헤딩 리시브를 계속하면 머리가 어지간히 아플 텐데도 무던하게 참으면서 계속한다. 막내 재운이는 참 착하고 항상 웃는 표정으로 순발력 등 운동 신경도 매우 좋은 킬러이다.

운수업을 하시는 아버님이 큰 관심으로 전국 어디든 경기장에 꼭 찾아오셔서 아들이 실수라도 하면 감독인 나보다 더 아들을 큰소리로 혼내신다. 잘 못 하면 때려도 좋으니 애들을 강하게 가르쳐 달라고 하라고 당부하신다. 그렇다고 형제들 뿐 아니라 선수들에게 폭력적으로 손을 댄 적은 한 번도 없다.

재환이와 재형이는 인천 전국체전에서 은메달을 목에 걸었으며, 막내 재운이까지 서천 전국체전에서 은메달을 획득하여 3형제 모두 자랑스러운 전국체전 은메달리스트가 되었다. 특히 재환이는 졸업 후에 직장에서 밤새워 야간근무를 하고 나서 피곤한 몸을 이끌고 나의 정년 퇴임하는 날에 잊지 않고 학교로 찾아와 축하해 주어서 고마움을 잊지 않고 있다.

얘들아! 너희들 장가갈 때 꼭 연락하거라!

아버님과 3형제 선수들

이게 얼마 만인가?

감독이 되어서 고양시에서 처음 대회에 참가하고 두 번째 시합이 경북 영천에서 열렸다. 우리 팀은 완전 약체로 동네북 신세이다. 시합장에 가도 아는 사람도 없고 재미도 없다. 그런데 영천체육관 옆에서 전혀 생각하지 못한 참 반가운 사람을 참으로 오랜만에 만났다. 멀리서 오는데, 분명 낯이 익은 얼굴인데, 알음알음하면서 서로 이름을 불러 본다.

"혹시 병욱이?"

"힝아!"

반갑다 못해 서로 깜짝 놀랐다.

"야! 네가 어째 여기에…?"

"그러는 형은 여기 왜 왔는데?"

제대 후 실로 30년 만에 만난, 전방에서 같은 숙소를 사용한 바로 한 해 후배이다. 나는 부강공고 감독으로 왔고 병욱이는 대구시협회 전무로서 왔는데 오랫동안 세팍타크로와 인연을 맺어 오고 있어서 세팍은 나보다 한참 선배였다. 남자들은 군대 이야기를 평생 한다고 하지 않는가? 한참 젊은 시절에 평생 간직할 색다른 경험을 하였으니, 술이라도 한잔하다 보면 더욱 젊은 날의 경험이 바로 어제 일 같이 생생하게 기억나고 반복해서 또 이야기하는 거다.

학군장교로서 임관하여 상무대에서 16주간 힘든 교육 훈련을 마치고 근무할 부대를 배치받았는데, 다른 동기들이 모두 부러워하는 "동해안경비사령부"이다. 경치 좋은 동해안을 경비하는 곳에서 소대장이라니! 푸른 물결 넘실대는 바다가 눈앞에 시원하게 나타난다. 고래사냥도! ㅎㅎ

야호! 난 역시 운이 좋은 놈이야! 더구나 여름 바다는 비키니에 얼마나 환상적인가?

집결하는 시간도 다른 부대 배치받은 동기생들보다 하루 늦은 저녁에 청량리역이다. 너무 운이 좋은 것을 행복하게 여기면서 하루 동안 서울에서 빛나는 다이아몬드 계급장을 자랑하며 영화도 보고 신나게 술도 한잔하고, 동해안 푸른 파도를 그리며 꿈에 부풀어 청량리역에 집결하여 완행열차를 타고 밤새 달려 새벽에 강릉에 도착하였다. 그리고 좋은 것은 딱 여기까지, 환상은 모두 끝났다.

먼지 풀풀 날리는 비포장도로를 군용 버스에 실려 속초에 있는 사령부까지 와서 다시 부대 현황에 대하여 교육을 받고 다음 날 근무할 부대를 배치하는데, 끝까지 내 이름을 부르지 않더니 나머지는 모두 88여단이란다. 이번에는 트럭을 타고 여단 본부에 와서 신고 후에 실제 부임하는 3대대로 배치를 받았는데 3대대는 현재 전방에 있단다. 허걱! 말이 안 나온다. "아니 해안이 아니고 대한민국 최북단 방책선으로 가는 거야?" 표정이 모두 굳었다.

이번에는 인솔 나온 선임 하사와 동기생 6명이 3시간을 걸어서 건봉산에 있는 3대대 CP에 도착하였다. 올라가면서 보니 6월 말인데도 그늘진 계곡에 눈이 하얀 것이 보인다. 이곳이 아직도 전쟁 중에 잠깐 휴전하고 있는 나라의 전장 최전선이다. 서늘하다. 선배 군인들이 목숨으로 지킨 이 땅을 이제는 내가 지켜야 한다. 다른 생각을 할 여지가 없다. 내가 방책선을 잘 지켜야 부모님이 편히 주무신다.

12중대 3소대, 소대원 18명의 소대장이다. 10·26, 광주, 12·12사태 등 참 어려운 시절이었다. 그리고 참으로 열심히 최선을 다하여 근무하였다. 다시 하라면 절대 하지 못한다. 소초대항 고정표적 사격대회 19명 전원 사격 95.8%로 대대 1등, 월북하는 민간인도 잡고, 잠시 중대장 임명받고 ATT에서 여단 선봉 준우승 중대, 여단장 표창 2회, 수색대 차출 후 이임 인사까지 하였는데 전군이 비상으로 원대 복귀한 일도 있었다.

무엇보다 풍채가 좋으시고 별 하나 다신 여단장님이 순찰 나오셔서 군 생활을 자기와 함께 계속해 보지 않겠냐고 권유받았는데 그 자리에서 바로 거절하였다. 나는 제대와 동시에 의무적으로 교사를 꼭 해야 한다. 곁에 계셨던 중대장님께서 말씀하시기를 여단장님은 신중하신 분이시고, 뜨는 별이시고 아무한테 하는 말이 아니니 생각을 잘 해 보라고 기회가 참 아깝다고 하시면서 자꾸 권유하신다. 그런데 이분이 뒷날 보안사령관까지 하셨으니 내가 군대에 계속 남아 있었으면 인생이 어떻게 바뀌었을까 상상을 해 본다.

우리 중대에 후배 소대장 두 명이 배치받아서 왔는데, 나와 똑같은 꿈을 꾸다 깨어나서 전방으로 들어왔고, 예비대에서 BOQ를 같이 사용하면서 가까이 지낼 수 있었다.

흠, 1년 위가 제일 무서운 법이다. 후배 둘이 알아서 너무 잘한다. 그중 한 명이 조병욱 소위이다. 동명인 조병욱 박사님이라고도 불렀다. 동자승같이 해맑은 표정에 하회탈 같은 웃음에도 화통하게 지휘하여 부하들에게 신임을 받고 있고, 체육을 전공해서인지 매사 몸으로 솔선수범이다. 내가 좀 편해졌다.

1980년 겨울에 예비대에서 조 소위가 벌인 한 가지 비화를 공개한다.

소대장들을 대상으로 대대 교육관에게 여러 가지 전달 및 교육을 받고 있는데 옆에 앉은 조 소위가 작은 소리로 묻는다. 강한 경상도 사투리다.

"힝아, 쟈 와 반말이고? 같은 중위인데? 한번 까삐까?"

나는 아무 생각 없이 고개를 끄덕였다. 사실 공식 석상에서 3사 출신이고 나보다 어린 교육관이 하는 말투가 귀에 거슬리던 참이었다. 그런데 조 소위는 내가 고개를 끄덕이자 이를 신호로 생각했던지 고만 대형 사고를 치고 말았다.

"저~ 교육관님, 지 좀 잠깐 봅씨데이!"

그리곤 둘이 밖으로 나갔다. 둘 사이에 어떤 상황이 전개되었는지 나중에 이야기를 듣고 나서야 알게 되었다. 교육관의 오른쪽 눈두덩이가 시퍼렇게 변해 있었다. 소대장들이 완전군장한 상태로 연병장을 돌았는데 왜 그렇게 웃음이 나는지?

전역 후 30년이 흐른 다음에 영천에서 실로 오랜만에 둘이서 회포를 풀었다. 내가 전역하고 난 후에 조 소위가 수색대로 차출되어 GP장으로 있을 때 북한군과 총격전을 벌였다고 무용담을 이야기한다.

"그때 뉴스에 났던 사건 장본인이 바로 너였구나!"

수색대대장이 보병대대로 소대장을 달라고 요구하면 무조건 들어줘야 한다. DMZ 안에서 수색, 매복 등 위험한 작전을 펼치는 임무라서 그야말로 유능한 소대장이 필요하고 또 잘하는 소대장들이 수색대로 차출당한다. 적 GP에서 분명히 오발로 생각되는 총알이 몇 발 우리 GP 쪽으로 날아왔는데, 바로 대응 사격 명령을 내렸단다. 선조치 후보고 아닌가? 얻어맞고 가만히 있으면 군인이 아니지! 아니 조병욱이 아니지! 조준사격으로 북측 GP를 갈겼다고 한다. 그러니 적 GP에서 이번에는 오발이 아닌 진짜 사격을 해 오고….

뉴스를 보고 대략 내가 근무했던 지역의 GP에서 총격전이 일어난 것은 알았지만 뉴스에 소대장 이름이 없으니 누군지 모르지! 역시 조병욱답다. 이후 세팍 시합장에 올 때마다 반갑게 옛날의 군인으로 돌아가 같이 소주잔을 기울였다. 공부도 계속하여 실제로 박사 학위도 취득하였다니 참으로 훌륭한 후배다.

조병욱 박사님이 대한세팍협회 심판부장 겸 경기부장으로 있으면서 나한테 도와달라고 하는데 못 도와줘서 미안하였고, 무엇보다 건강이 좋지 않아 조 박사가 한동안 경기장에 보이지 않아서 걱정을 많이 하였는데, 이제 건강이 점점 좋아지고 현재 대구시 세팍협회장으로 경기장에서 자주 볼 수 있게 되어 여간 다행이 아니다.

여보게 조 회장님!

자네나 나나 이제 건강에 신경 쓸 나이가 아닌가?

사는 날까지 건강하게 가끔이라도 얼굴을 보고 우리가 한창 젊었을 때 고생한 군대 얘기 좀 신나게 하면서 지내자고!

그리고 자네가 내게 전역 선물로 해준 귀한 도장을 인감으로 등록하여 40년이 넘도록 현재까지 복도장으로 잘 쓰고 있다네!

이 도장을 볼 때마다 자동으로 자네 생각이 나는구먼!

아무튼, 우리 이제는 닥치고 건강하게 지내세!

달려라 달려라 한이!

세종하이텍고등학교 세팍타크로 팀의 수준이 전국 중상위권으로 어느 정도 올라와 있었고, 내가 순회 나가는 부강중학교에도 팀이 구성되어 같이 연습을 해오던 차에, 여름방학이 시작되는 7월 말경에 순창에서 협회장기 시합이 예정되어 있었다. 마침 세종시체육회에서 부강중학교 팀의 참가 경비를 지원받아 우리와 같이 대회에 참가하게 되었다.

여름방학에 들어가면서 부강중학교 교직원 장외 연수를 계획하고 있나는 담당 선생님의 말씀을 듣고, 경치 좋고 시원한 순창의 강천산을 추천하면서 부강중학교 경기 시간에 체육관에 오시면 응원도 할 수 있다고 교장 선생님께 말씀드렸다. 그랬더니 좋은 생각이라고 하시고 직원 연수 담당 선생님에게 직원들의 의향을 물어보고 한번 추진해 보라고 하셔서 교직원들의 동의로 순창 강천산 계곡 및 세팍타크로 시합 응원의 부강중학교 교직원 장외 연수가 이루어지게 되었다.

전국소년체전에 세팍타크로 종목이 없어서 중등부는 대회에 참가하는 팀 수가 늘 적었다. 이번 대회 남자중등부는 부강중학교 포함 총 4팀이다. 이 중에서 중학교 1학년 때부터 세팍타크로를 하겠다고 형인 하이텍고 이성호 선수와 같이 꾸준히 연습한 이 한 선수가 중3이 되어서 모든 중학교 참가 선수 중에 기량이 월등히 좋았다. 매일 야간에 하이텍고 선수들과 매일 열심히 연습을 하다 보니 이 한 선수는 경력이 3년 차로 이미 고등학생 선수 수준이 되어 있었다.

중학교 레구 결승전 경기가 열리는 시간에 부강중학교 교직원 전체 18명이 응원석에 들어오셨다. 대한세팍타크로협회나 경기 임원들이 모두 깜짝 놀랐다.

중등부 경기에 전 직원이 응원을 온 것이 처음이고 앞으로도 없을 일이라고 이구동성으로 말씀하시고, 협회 사무처장님이 응원석에 올라가 감사의 인사를 올렸다.

그런데, 막상 경기가 시작되니 선생님들의 응원에 너무나 긴장된 부강중학교 선수들이 실수 연발로 첫 세트를 내주었다. 기본기가 아직 다듬어지지 않은 어린 선수들에게 학교 선생님들의 응원이 오히려 큰 부담이 가서 역효과로 선수들 몸이 꽁꽁 얼어 있다.

바로 앞에 떨어지는 공도 발이 안 나오고, 서로 미루고, 엉뚱한 곳으로 받아 놓고…. 첫 세트를 이렇게 실수투성이로 어이없이 지고 나서, 2세트부터 한이가 볼 처리를 도맡아 하고 점수가 앞서 나가면서 2, 3세트를 가볍게 이기면서 신나는 역전 우승을 하였다. 관중석에 이 한 선수 담임 선생님이 만들어오신 재미있는 피켓이 눈에 들어온다.

"달려라 한이!!!" 만화영화 주제곡이 생각난다.

학교로 돌아와서 부강중학교 교장 선생님께 소고기로 푸짐한 식사를 대접받았다. 교감 선생님과 행정 실장님 그리고 지도한 곽영덕 코치와 맛난 식사를 하였다. 교장 선생님께서 내 덕에 선생님들이 재미있는 세팍타크로 경기도 처음 보고, 시합장에서 역전승으로 분위기가 좋은 상태에서 직원들 모두가 시원한 강천산 계곡과 폭포도 너무 좋았다고 하시고, 직원들 단합까지 잘 이루어져 최고였다고 하신다. 구수한 충청도 사투리로

"그날, 직원들 모두에게 술잔을 받아서 아주 죽었슈! 다음날까지 기어 다녔슈!" 하신다. 이제까지 여러 연수 중에 가장 기억에 남고 알찬 직원 연수를 하셨다고 말씀하신다.

"교장 선생님! 세팍타크로에 관심을 가져 주시고 적극적으로 협조해 주셔서 대단히 감사합니다."

부강중학교 우승 시상식 모습과 재미있는 부강중 2-1 교실 뒤편에 있는 학생들의 꿈

하이텍고 더블 우승과 부강중학교 더블, 레구 우승이 지역 신문 여러 곳에서 보도되었다. 기사 제목이 "세종하이텍고, 부강중 세팍타크로 동반 우승"으로 나와서 부강중학교 교장 선생님과 체육 선생님이 축하 전화를 많이 받으셨고 얼떨떨하다고 너무 좋아하신다.

대한세팍타크로 협회장기 중등부 더블, 레구 우승으로 번쩍이는 우승기 2개가 부강중학교 중앙 현관에서 2층으로 올라가는 계단 중간 양 옆에서 1년 동안 자리를 지키고 빛을 발하며 학교에 오는 손님과 전교생에게 인사하며 버티고 서 있었다.

경기 후 체육관 앞에서 응원하러 오신 부강중학교 전 직원과 선수들의 기념사진
앞줄 오른쪽 매우 좋아하시는 분이 교장선생님이시다.

〈세종포스트 보도〉

세종하이텍고·부강중 세팍타크로 명문 '등극'

안성원 **승인 2015.07.21. 20:25**

‖ 회장기 전국대회 동반 우승… 7개월 합동훈련 성과

세종하이텍고가 전국 세팍타크로대회에서 고등부 우승기를 받고 있다. 세종하이텍고등학교와 부강중학교가 지난 15일부터 5일간 전북 순창국민체육센터에서 열린 제26회 회장기 전국 세팍타크로대회에서 동반 우승이라는 쾌거를 거뒀다.

전국에서 13개 팀이 참가한 이번 대회에서 정하성, 이성호, 김제운 학생으로 구성된 하이텍고 선수단은 고등부 준결승에서 부산체고를 2-0, 결승에서 삽교고를 2-0으로 완파하고 우승기를 품에 안았다.

이로써 하이텍고는 지난 2013년 제94회 전국체전 은메달에 이어 이번 전국대회 우승으로 세팍타크로 명문고로서의 이미지를 확고히 했다.

또 윤찬송, 홍성민, 조성환, 이 한 학생으로 구성된 부강중은 4개 팀이 출전한 중등부에서 삽교중, 성의중, 금오중을 차례로 꺾어 전국대회에서 우승을 차지하는 기염을 토했다. 더욱이 정규수업이 끝난 후 하이텍고 강당에서 하이텍고 선수들과 동반 훈련한 지 단 7개월 만에 이룬 성과라 더 의미가 크다.

중등부 최우수 선수로 선정된 윤찬송 선수(부강중 3학년)는 "지금 모습에 안주하지 않고 앞으로 있을 대회에서도 좋은 성적을 이어가도록 최선을 다하겠다"고 다짐했다.

아울러 이번 대회 최우수지도자로 선정된 국가대표 출신 곽영덕 세종하이텍고 코치는 "팀을 맡은 지 2년 7개월 만에 큰 수확을 얻게 되어 기쁘다"며 "두 학교의 전 직원들이 한마음으로 응원해주신 덕분이라고 생각한다"고 소감을 전했다.

양궁선수 박경모

충북 보은군에서 정책적으로 여러 종목의 각종 대회를 유치하여 지역 경제를 살리려고 애쓰고 있다. 지역적으로 우리나라 중심부에 위치하여 편리한 접근성과 많은 체육시설 인프라를 갖추고, 맑은 공기와 천혜의 속리산 관광지에다 대추 축제까지 열리며, 거의 모든 종목 대회를 진행할 수 있는 종합 스포츠 센터가 있어 대회 개최에 최적의 장소이다.

전국적으로 이렇게 대회 유치에 적극적인 지역이 여러 곳 있다. 세팍타크로 시합도 자주 보은에서 하였는데 이번엔 우연히도 양궁대회와 동시에 열리고 있다. 아주 오래전에 이원중학교에서 양궁을 지도한 경험이 있어서 반가운 마음에 나도 모르게 발길이 체육관 아래의 양궁 경기장으로 향하였다. 오랜만에 들어보는 핑! 핑! 활 쏘는 소리 속에 안면이 있는 충북 출신 지도자들과 참 오랜만에 반갑게 인사를 나누었다.

충북 양궁의 걸음마를 같이한 동료들이 현재는 세계 최강 우리나라 양궁을 지도하고 있고 또는 국제 심판으로 활약하고 있으니 뿌듯하고 자랑스럽다. 나와 같이 양궁을 지도하셨던 안 선생님과 신 감독님은 별이 되셔서 하늘에서 양궁장을 비추고 인도하고 계시다. 현재 세종시에서 근무하고 있으며 세팍타크로 시합하러 왔다고 근황을 알려 주고, 체육관으로 올라왔는데, 누가 이야기해 주었는지 제자인 공주 시청 박경모 감독한테서 연락이 왔다. 저녁 식사를 같이하자고 하는데 경모가 팀 감독에다 방송 해설까지 바쁘게 지내는 것을 알기에 내가 바쁜 시간을 뺏는 것 같아서 다음에 보자고 하고 사양하였다.

그런데 다음날 뜻밖에 경모가 나를 보려고 세팍타크로 경기가 열리고 있는 체육관으로 찾아온 것이다. 여전히 큰 키의 옛날 모습 그대로 올림픽을 2연패 한 세계적인 스타가 불쑥 나타났다. 박경모 선수가 내 제자임을 든든하게 생각하고 늘 자랑스럽게 여기고 있었는데… 얼굴 본 지가 20년도 더 된 것 같다. 반갑다 못해 깜짝 놀랐다. 경모를 체육관 본부석으로 안내하고 중학교 때 지도한 제자임을 세팍협회 임원들에게 소개하고 세팍타크로 공을 경모에게 기념으로 주었다.

양궁과 인연을 맺은 것은 1984년도에 옥천 이원중학교에 부임하면서다. 양궁이 올림픽에서 김진호 선수의 금메달이 나오면서 인기 종목으로서 정책 종목으로 지정되었고 충북 양궁도 뿌리를 내리기 시작하였으며, 김수녕, 박경모, 김우진으로 이어지는 세계적인 선수가 충북에서 꾸준히 배출되었다. 올림픽에서 경기 방식을 바꾸어도 늘 금메달을 가져오는 양궁 세계 최강 국가로 인정받고 있으며, 현재는 우리나라 지도자들이 전 세계에 퍼지고 다른 나라들의 기록도 많이 올라오면서 우리나라가 거센 도전을 받고 있다.

처음엔 전혀 알지도 못하는 양궁이라는 운동을 코치도 없이 지도하게 되었으니 난감하였다. 우선 내가 공부를 해야 가르칠 수 있었기에 무작정 태릉선수촌에 찾아갔다. 자초지종을 이야기하고 외람되게도 국가대표 선수들의 훈련 방법을 물어보았으며, 남자 대표 선수의 발사 자세를 담은 비디오테이프를 복사해 왔다. 대외 비밀이라서 안 된다는 것을 사정사정해서 어렵게 복사를 하였는데, 돌아와서 보니 태릉에서는 하이스피드 비디오로 녹화되어서 학교에 와서 틀어 보니 화면이 완전히 초슬로우모션으로 나온다. 계속 너무 느린 동작이라서 보기가 답답하여 힘들게 구한 자료는 크게 효과를 보지 못하였다.

하는 수 없이 충북의 선수 출신 다른 지도자들에게 활 쏘는 기본 자세에 대하여 배우고 또 직접 활도 쏘아 보면서, 때로는 엉터리 추측으로, 때로는 새롭게 해 본다고 나름 여러 가지 방법으로 지도를 해 나갔다. 학교 예산이 부족하여 방학 숙제로 양궁 표적지 그려 오기를 하여 훈련 시 사용하였고, 겨울방학 동계 훈련 때에는 밥만 도시락에 싸 와서 난로에 라면을 끓여 밥 말아 먹으면서 참으로 어렵게 훈련하였다. 시합 때 3발씩 12회를 쏘는데 휘지 않은 화살이 많아야 개인별 6발 정도 가지고 있었다.

앞 팔이 흔들림이 없어야 하는데 쏘는 순간 앞 팔이 튀지 못하도록 무식하게 칼이나 탱자나무 가시를 대고 있어서 손등에서 피가 나기도 하였으며, 집중력 강화를 위하여 붓글씨 쓰기, 촛불 명상, 바늘에 실 꿰기 등을 시켰고, 담력을 기른다고 운동장 조회 시 앞으로 불러내어 노래도 시키고, 웃옷 벗기고 연습도 시키고, 기록지에 숫자만 적지 않고 표적지 모양에 화살이 박힌 점을 표시하게 하여 어느 방향으로 화살이 몰리는지 볼 수 있도록 하고, 과녁에 표적지 대신 빵을 매달아 놓고 가장 중심에 쏜 사람이 가져가기도 하고….

결국, 충북 신기록도 여러 번 작성 하였고, 우리는 코치가 없이도 코치 있는 대도시 두 학교를 모두 이기고 충북 대표 주축 학교로 전국소년체전을 나가기도 하였다.

박경모 선수는 이원초등학교 시절에 전국소년체전에서 이미 금메달을 목에 건 좋은 선수였다. 큰 키에 긴 팔로 집중력이 뛰어났으며, 바보스럽게 우직하고 성실한 연습벌레 선수였고, 중학교에 입학하여 1학년 때부터 바로 충북 대표로 선발되어 기록을 늘려 갔다. 특히 장거리인 50m 종목에 매우 강하였다.

가운데가 박경모 선수의 중1 때 모습이다.
이 앳된 소년이 훗날 세계 최고의 궁사가 되었다.

전국소년체전을 앞두고 충북 대표 선수 합숙 훈련 중이다. 장소는 보은군청 앞 공터인데 현재 보은국민체육센터가 들어서고 이곳으로 세팍타크로 시합하러 자주 오니 참 오랜 인연이다. 중등부 양궁은 5명이 한 팀이고, 모두 50m, 30m, 50m, 30m를 3발씩 12회, 총 144발을 이틀간 쏜 다음에 거리별 기록을 합하여 순위를 가리고, 총점으로 개인종합, 좋은 기록 3명으로 단체전까지 잘하면 혼자서 4관왕까지 가능하다. 앞에 선수는 현(스트링)에 화살을 끼우는 부분(노킹 포인트)을 노킹 실로 감고 있다.
"근디, 뒤에 서 있는 잘생긴 젊은이는 뉘슈?"

한번은 비가 많이 오는 날에 담임이라서 학급 종례를 마치고 늦게 양궁장으로 가보니 선수들이 운동 시간에 운동을 하지 않고 장난만 치고 있는 것이 아닌가? 화를 크게 내고 벌칙으로 50m 거리 200발씩 쏘라고 지시하고 교무실로 왔다. 쏘고 나서 우산을 들고 과녁에 가서 화살을 뽑아 오고 200발을 다 하려면 적어도 2시간은 걸리는 훈련 양이다. 요놈들 어디 혼 좀 나 봐라. 1시간쯤 지난 다음 선수들 눈에 띄지 않는 2층 복도 창문에서 멀찍이 양궁장을 보았다. 다른 선수들은 모두 앉아 있는데 경모 혼자만이 우직하게 활을 쏘고 있는 것이 보였다. 한참을 서서 보아도 똑같은 상태이다. 시치미 떼고 양궁장으로 내려가니, 나를 보자마자 모두 후다닥 활을 잡는다. 다시는 운동 시간에 딴짓하지 않도록 주의를 단단히 주고 운동을 마쳤다.

양궁 전용 경기장으로 1994년도에 청주 출신 신궁 김수녕의 이름을 딴 김수녕양궁장이 청주에 세워졌다. 경기장 개장 기념으로 세계선수권대회를 개최하였는데 내가 진행 요원으로 10일간 머무르면서 영어를 잘하지 못해도 외국 선수들과 두려움 없이 대화하는 배짱이 생겼고, 학교에 원어민교사와 대화하거나 해외여행 시, 인천 아시안게임 등에서 외국인을 대하여도 두려움이 없어지는 아주 좋은 경험을 하였다. 정몽구 회장의 말 한마디에 없던 나무 울타리와 카페테리아가 하룻밤 사이에 벼락같이 생기는 것도 보았다.

이 대회에서 우리나라 남자 선수가 30m에서 36발 모두 10점 만점의 말 그대로 "올텐" 퍼펙트 세계신기록도 나왔다. 남자 결승 경기가 진행되고 있는데 급히 필요한 물품을 구입하려고 청주 시내에 나갈 일이 생겼다. 경모에게 "속보판에서 네 이름이 사라지면 안 된다!"라고 당부하고 볼 일을 보고 돌아오는데 경모가 먼저 인사한다. "선생님, 아직 안 떨어지고 붙어 있어요!" 속보판을 보니 경모 이름이 맨 위에 있다.

아테네올림픽이 끝나고 1주일쯤 지난 후에 학교로 반가운 손님이 찾아왔다. 내가 옥천공고에 근무하고 있을 때인데, 경모가 올림픽에서 온 국민의 응원 속에 금메달을 획득하고 중학교 다닐 때 선생님이라고 나를 잊지 않고 찾아온 것이다. 참 고마웠다. 교사로서 제자가 잘되는 것보다 더 보람된 일은 없다. 이런 보람이 있어서 모두 열심히 근무한다. 이날 저녁에 동료들에게 술값 좀 나갔다. 이때 경모가 선물로 준 아테네올림픽 로고가 찍힌 '만보기'는 아까워서 한 번도 사용하지 못하고 지금까지 집에 잘 보관 중이다.

보은 세팍타크로 시합장에서 경모의 등장으로 옛날의 이원중학교 양궁이 소환되었고, 같이 고생했던 양궁 지도자들 소식이 참 반가웠으며, 든든히 대한민국 양궁을 끌고 가는 박경모 감독이 제자임을 여전히 자랑한다.

차 한 대 사드리겠습니다

선수가 없어서 팀이 아주 어려운 상황인데 정만이가 세팍을 해 보겠다고 하면서 입학하였다. 축구를 하다가 그만두고 부강중학교 다니던 중에 체육 선생님의 권유로 세팍을 하기로 마음먹고 찾아오니 이렇게 고마울 수가…. 그렇게 일반 학생 중에서 억지로 더 모집하여 간신히 선수 5명을 채웠다. 중간에 모두 그만두기를 반복하여 정만이는 2학년까지 막내로서 강당 청소며 선배들 심부름까지 궂은일을 혼자 다 하는 고생을 많이 하였다. 착한 정만이이다. 선수가 없는 덕분에 2년간 주장을 하였고 차고 있던 완장은 전국체전 후 선물로 주었다.

키가 크지 않은 데에다 왼발잡이라서 양발 사용으로 포지션은 피더로서 딱 적격이다. 축구를 좀 해서 볼 센스도 좋고 워낙 성실히 연습하고 다른 선수도 없어 1학년 때부터 바로 경기에 나가서 2학년 때부터 우리 팀의 주장이며 핵심 선수로 자리 잡았다.

그런데 집안 형편이 그리 넉넉하지 못하였다. 학교 위쪽에 자리한 마을의 산 쪽 끝자락에 살면서 버스도 많지 않고 빨리 걸어서 30분 정도 걸리는 시골 동네 구석에 살고 있다. 야간운동이 끝나면 밤 10시이다. 혼자서 밤길을 걸어 다니기가 여간 불편한 일이 아니다. 비라도 오게 되면 더욱 불편할 수밖에…. 그래서 내가 야간운동이 끝난 후 정만이가 씻기를 기다려서 집에까지 데려다주곤 하였다.

한번은 밤에 집으로 가는 차 속에서 "선생님 차는 요금이 비싸다!"라고 말하니 정만이가 기다렸다는 듯이 거침없이 대답한다.

"감독님, 나중에 국가대표가 되면 그때 꼭 감독님께 차 사 드리겠습니다!"

"그래, 차비는 떼먹으면 안 된다! 차 종류는 아무거나 상관없고, 굴러가기만 하면 된다! 중고차도 좋다! 정만이가 대표선수가 되기만 끝까지 기다릴 테다!"

밤에 차 속에서 단둘이 한 약속을 잊지 않길 기대한다. 집안 사정상 졸업 후 운동을 그만두고 취업한다고 하는데, 진학은 때가 있고 1년이라도 대학 맛을 보고 취업해도 늦지 않다고 적극적으로 권하여 대구과학대로 진학하였다. 그리고 실업 팀까지 갔으니 운동을 해서 일단은 성공한 셈이다.

훗날 시합장에서 만나서 "정만아, 대표선수는 얼마나 더 기다려야 하냐?" 물어보니 "쪼끔만 더 기다리시면 될 겁니다!" 대답은 하는데, 지금 실업 팀에 경력도 많고 노련한 피더들이 많아서 정만이가 대표가 되려면 좀 더 기다려야 될 것 같다. 그래도 멀리서 나를 보면 달려와서 반갑게 인사한다. 명절 때마다 잊지 않고 꼭 문자로 인사한다. 그래, 그것으로 됐다. 나를 잊지 않고 인사하러 반갑게 달려오는 것이 자동차보다 더 고맙다.

정만아, 아프지 말고 오래오래 모범이 되는 선수 생활을 하거라!

우주최강 꽃미남

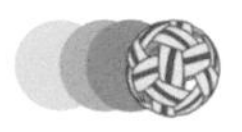

우최 선생님

3월 1일 자로 학교에 신규 선생님 일곱 분이 부임하셨다. 그중 한 분 김규리 선생님 이야기이다. 성격이 매우 활달하시고, 항시 웃는 모습으로 학생들과 눈높이를 같이 하시고, 댄스 동아리를 지도하시면서 학교 축제 때에는 학생들과 같이 무대에서 댄스 공연도 하시면서, 학생들을 이해하고 학생들과 함께하시는 늘 밝고 즐겁게 생활하시는 학생들에게 매우 인기 있는 '귤 쌤'이시고 국어 선생님이시다.

5월 어느 날부터 교무실 김규리 선생님 책상 위에 조그맣고 귀여운 화분이 놓여 있는데 "축 생일", "우주최강 꽃미녀"라고 쓰인 리본이 예쁘게 매달려 있었다. 귤 쌤이 학생부에 발령 동기가 있어서 학생부 사무실에 자주 들르셨는데 한번은 "우주최강 선생님 오셨네!"라고 인사하니까 "네!"라고 아주 큰 소리로 활기차게 대답하시면서, 친구가 보내 준 화분이라고 말씀하셔서 좋은 남자 친구 두셨다고 하니까 남친은 없고, 그냥 오랜 친구 사이라고 웃으면서 말씀하셨다.

예쁜 화분이 여러 달 동안 김 선생님이 우주최강 꽃미녀임을 강하게 어필해주며 자리를 지키고 있었고, 이후 김규리 선생님이 아닌 "귤 쌤", "우최 쌤"으로 불렸다. 우최 쌤은 활달한 성격으로, 세팍 시합장에 한번 오신 후로 단골 응원단이며 왕 팬이 되셨다.

문학탐방을 횡성으로

강원도 강릉에서 전국체전이 열리는데 세팍타크로 경기 장소는 횡성이다. 대진표를 보면 첫 경기는 쉬운 상대이고 두 번째 만날 상대가 경북 김천중앙고이다. 여기만 이기면 동메달이고 뒤에는 넘지 못하는 큰 벽 부산이 버티고 있다.

목표는 동메달이고, 김천을 꼭 이겨야 하는데, 올해 상대 전적이 1승 1패로 박빙의 승부가 예상되는 상태이다. 훈련은 양 팀 모두 열심히 하겠지만 경기장 분위기를 우리 쪽으로 하기 위하여 응원단이 필요하다. 어떻게 응원단을 만들어야 하는지 묘책이 안 나온다.

고민하던 차에, 우최 쌤이 곁에서 이야기를 듣더니 좋은 생각이 있다고 하시면서 올해 학생들 대상으로 문학탐방 계획이 있는데 아직 실시하지 않았으며, 장소를 강원도로 정하고 우리 학교 세팍타크로 경기 시간에 맞추어 횡성체육관에서 응원하는 것은 어떠냐고 하신다. 그것 참 좋은 아이디어라고 말씀드리고, 일단 교감 선생님과 상의를 해 보자고 하여 우최 쌤과 같이 교감 선생님께 말씀드렸더니, 적극적이신 교감 선생님이 학생들 애교심도 기르고 아주 좋은 생각이라고 반기시면서 여기에 역사 탐방도 겸하여 일사천리로 세팍타크로 응원단이 문학탐방 겸 역사 융합 국토기행단의 이름으로 꾸려졌다.

우리 학교의 경기 시각이 아침 일찍 첫 경기라서 1박 2일 일정으로 하면서 둘째 날 첫 일정은 무조건 횡성체육관이고 나머지 시간에 문학 탐방을 하고 국토 기행을 한다. 계획을 수립하고, 희망 학생들 모집하고 숙소, 식사, 여행사 선정, 문학탐방 계획, 이동, 응원 준비, 예산 집행까지 우최 쌤이 신규 선생님으로서 쉽지 않은 모든 일정을 추진해 주셨다. 너무도 고맙고 또 감사한 일이다.

교육감님의 응원

첫 경기를 예상했던 대로 우리가 쉽게 이기고 메달이 걸려 있는 경북 김천중앙고와 8강전 경기가 시작되었다. 2층 스탠드 양쪽으로 김천 응원단과 우리 응원단이 나뉘어 아침 일찍부터 자리 잡고 체육관을 가득 메우고 있다. 김천에서 버스로 응원 온 학생들이 꽹과리를 치면서 응원하고, 역시 우리 학교 응원단도 빨간 막대풍선과 피켓 등으로 소리 높여 응원하여 체육관이 들썩이도록 열띤 분위기와 팽팽한 긴장 속에 경기가 시작되었다.

첫 세트는 초반의 실점을 따라가다 잡지 못하고 결국 1세트를 내 주었다. 2세트 들어서 양 팀이 서로 점수를 주고받으면서 팽팽하게 진행되었다. 한 점, 한 점 점수를 얻을 때마다 응원석이 들썩인다. 첫 세트에 우리 벤치 뒤에 있던 세종 응원단이 2세트 들어 사이드 체인지로 반대편에 가니까 맞은편이 되어 스탠드가 한눈에 들어온다. 붉은색 세종시 임원복을 입은 20여 명의 단체 속에 세종시 최교진 교육감님이 보였다. 본부석으로 내려오시라고 해도 안 내려오시고 우리 응원단 속에서 끝까지 응원하셨다.

우리 학교 문학탐방 응원단이 준비한 피켓도 여러 개 보인다. 선수들 이름도 모두 있고 그중에 "우주 최강 꽃미남 백봉현"이라고 쓰인 피켓이 눈에 들어왔다. 우최 쌤이 학생들과 준비한 것이라 생각되고 쑥스럽기도 하고 웃음이 나왔다. 서천에서 "우주최강 명감독 백봉현" 팻말도 나타났었다. 내가 우주최강? ㅎㅎ

교육감님과 교육청 직원들, 교장 선생님을 비롯한 학교 교직원, 세종시 체육회, 세종시 세팍타크로협회 임원 등 많은 붉은 옷의 세종시 응원단과 문학동아리 학생들의 빨간 스틱으로 열띤 응원 덕에 2세트를 처음부터 시소 경기로 듀스까지 가면서 접전 끝에 어렵게 간신히 이겼다. 응원석에서 2세트 끝나면서 모두 목이 쉬었다.

3세트 들어가서는 김천이 부담감으로 실수가 많이 나오고 초반부터 점수가 앞서가면서 자동으로 더 큰 소리의 응원이 이어져서 3세트를 예상외로 쉽게 이기고 동메달을 차지하였다. 경기 후 체육관 밖에서 교육감님께 인사드렸다. 안 그래도 평소 인자하신 인상으로 교육감님의 편안한 얼굴이 응원으로 벌겋게 상기되셔서 싱글벙글하시다. 선수들을 한 명씩 꼭 안아 주시면서 수고했고 장하다고 격려해 주셨다.

인자하신 세종특별자치시 최교진 교육감님이 경기장 응원석에서 큰 힘을 보태주셨다.

훗날 특별히 하이텍고로 선수 격려차 다시 방문하셔서 선수들에게 맛있는 식사를 제공해 주시며 당시 횡성에서 너무나 감격이었다고 또 과분한 칭찬을 해 주셨다. 교육감님께서 도와줄 것이 없느냐고 하시기에 공식 경기장과 똑같은 빨간색의 코트 매트가 필요하다고 말씀드렸다. 그리고 바로 다음 해에 전국에서 고등부 최초로 우리 학교 강당에 시합장과 똑같은 고가의 빨간색 세팍타크로 코트 매트와 심판대가 설치되었다. 그리고 학생들의 정성이 가득 들어있는 "우주최강 꽃미남 백봉현" 팻말은 학생부 내 자리 뒤에서 한 달 동안 떡 버티고 벽에 기대서 있었다.

동메달 확보 후 항상 시원시원하게 도와주시고 기억력이 비상하신 인간 내비게이션 정영권 행정 실장님과 세팍에 대하여 모든 일을 긍정적으로 다른 팀들이 부러워할 정도로 밀어주시는 홍성구 교장 선생님 그리고 업무 처리가 번개 같은 새내기 체육 교사 이창현 선생님.

교장 선생님께서 쑥스럽게도 우주최강 팻말을 꼬옥 내가 들고 찍으라고….

2

세팍타크로 감독의 길

[제18회 전국 남여 종별세팍타크로대회] 세종
하이텍고 백봉현 감독 인터뷰

INCHEON 2014

대천해수욕장에서 동계 훈련

훈련을 같은 장소에서 반복하다 보면 선수들이 지루하게 느껴진다. 겨울방학 중에 긴 기간 동안 동계 훈련의 지루함을 줄이기 위하여 좀 색다른 훈련을 생각하다가 한겨울에 해수욕장에서 훈련하는 것을 코치와 상의했는데, 오전에는 해수욕장 백사장에서 체력 훈련을 실시하고 오후에는 근처 체육관에서 공을 가지고 기술 훈련을 하는 것도 효과적일 것 같다고 하여 동계 훈련을 1주일 동안 대천해수욕장에서 실시하게 되었다.

경비는 학교에서 훈련을 해도 방학 중이라서 식대는 똑같이 지출되고, 숙박은 충남학생해양수련원에 협조 공문을 보내면 무료로 이용이 가능하다고 하여 해결이 되었다.

문제는 오후 훈련 장소인 체육관을 구하기가 어려웠다. 근처의 충남해양과학고 체육관을 이용하려고 알아보니 사용료가 너무 비싸다. 난방을 켜고 1주일간 오후에 사용하면 경비가 너무 많이 나와서 불가능하였고, 인근의 초등학교 강당을 알아보니 사용료는 저렴한데 오후에 학생들 방과 후 수업이 있어서 불가능하단다. 우리는 적은 인원으로 배드민턴코트 1개만 사용하면 된다고 사정사정해 봐도 교내에 외부인이 들어오면 아무래도 좀 불편하니까 선뜻 허락이 떨어지질 않는다.

문득 보령교육청에서 근무하는 친한 친구가 생각이 나기에 안 되면 말고 식으로 친구에게 사정 이야기를 하니 알아보고 연락해 줄 테니 기다려보란다. 그런데 10분도 지나지 않아서 해당 초등학교 교감 선생님한테서 연락이 왔다. 성공이다. 학교 시설 사용 요청을 공문으로 보내고 사용료를 입금하고 유용하게 사용하란다. 웃음이 나왔다. 이렇게 간단한 해결 방법이 있는데..ㅎㅎ

대천해수욕장에서의 동계 훈련 하루 일정은 이러했다. 수련원의 따뜻하고 넓은 큰 방에서 선수들이 모두 들어가서 자고 쉬고, 세탁기를 돌려서 방에 빨래까지 널어도 여유가 있다. 좋은 방을 일주일간 무료로 사용한다. 식사는 수련원 옆 식당에서 가정식 백반을 먹기로 하였다. 학교에서 훈련할 때와 같은 가격으로 하였으며, 훈련 중간인 수요일 밤에 바비큐 파티도 하였고, 숙식 모두 아무런 불편이 없었다.

오전 운동은 준비체조 후 대천해수욕장 긴 백사장을 왕복 2회 러닝하고 스트레칭으로 마무리하였다. 날씨가 춥지 않아 쇼트 차림으로 뛸 때도 있었고, 바닷물이 들어와 백사장이 모두 잠겨서 뚝에서 러닝을 할 때도 있었다. 오후 운동은 강당 사용 예정 시간 30분 전에 초등학교 운동장을 가볍게 뛰고 강당으로 들어가서 세팍화로 갈아신고 평소 학교에서처럼 패스, 리시브, 세팅, 공격, 서브 등 기술 훈련을 2시간 동안 부지런히 실시하였다. 공을 가지고 운동하는 시간이 약간 부족한 느낌이다.

체육관으로 배드민턴 방과 후 수업 온 초등학생 대여섯 명이 처음 본 세팍타크로가 신기한 듯 다음날부터 배드민턴은 하지도 않고 우리와 같이 세팍 공을 가지고 귀엽게 논다. 마지막 날에 유난히 활달한 남자아이에게 세팍 공을 선물하니 엄청 좋아한다.

"이 공으로 땅에 떨어트리지 않고 200개 차면 연락해라!"

선수들에게 평소에 인사를 잘 하도록 늘 강조하고 있다. 수련원에 처음 들어가서와 마지막 날 운동 끝내고 나올 때 수련원 사무실에 선수들과 같이 가서 감사 인사를 드리고, 강당을 빌려주신 청파초등학교에 처음 간 날과 마지막 날에 역시 근무하시는 교감 선생님께 선수들과 교무실로 찾아가서 고맙다는 인사를 하였다.

세팍 공을 기념으로 받으시고 평소 어린 초등학생들만 지도하시다가 큰 고등학생들이 인사하니 매우 기분이 좋은 표정이시다. 물론 강당은 운동 전, 후 우리가 사용하기 전보다 더욱 깨끗이 청소하였다.

동계 훈련을 해수욕장에서 해 본 팀이 과연 얼마나 있을까? 우리 선수들이 겨울밤에 바닷가에서 소고기, 돼지고기, 햄, 소시지, 조개구이까지 바비큐 파티도 기억에 남을 테지만 한겨울에 바닷바람을 맞으면서 뛴 대천해수욕장에서 훈련 또한 색다른 경험이었으리라….

비상등 깜박이며 응급실로

서천에서 동계 훈련 겸 한산모시 배 친선대회에 참가해서 발생한 깜짝 놀란 사건이다.

세종하이텍고 선수들은 전국체전 경기장 적응 및 동계 훈련으로 참가하면서 부강중학교 선수들도 같이 데리고 가서 미래를 생각한 1주일간의 의미 있는 훈련 일정이었는데, 그만 중학생 한 명이 갑자기 배가 아파서 응급실로 허겁지겁 달려가는 사건이 일어나고 말았다.

아침 식사 중에 중학생 성환이가 보이질 않아서 물어보니 배가 아파서 아침 먹으러 오지 않았다고 한다. 아침 식사 후 얼른 성환이 방으로 가서 보니 밤새 설사하고 배가 몹시 아프다고 하면서 얼굴이 창백해져서 배를 잡고 웅크리고 누워있는 것이 아닌가? 즉시 병원에 가 보아야 할 것 같아서 성환이를 차에 태우고 서천의 가까운 내과 병원으로 향했다. 다행인 것은 이곳이 시골이라서 부지런한 어르신들 때문에 도시와 달리 병원의 진료 시간이 아침 일찍부터라서 기다림 없이 바로 진료를 받을 수 있었다.

성환이는 여전히 배가 아프다고 하면서 배를 감싸고 웅크리고 있다. 성환이를 눕혀 놓고 여기저기 누르며 진찰을 하신 의사 선생님이 "급성맹장염" 같다고 하신다. 서천에는 수술할 수 있는 병원이 없으니 가까운 군산의 큰 병원으로 빨리 가 보라며, 진료비도 받지 않으시고 빨리 서두르라고 재촉하신다. 순간 가슴이 철렁 내려앉는다. 잘못되면 어쩌나? 성환이는 창백한 얼굴로 계속 배가 아프다고 웅크리고 있고…. 별의별 생각이 다 들어간다. 잠시라도 지체할 시간이 없다. 곽 코치에게 전화로 이야기하고 비상등을 깜박이며 바로 군산으로 내달렸다. 세팍을 지도하면서 처음 닥친 비상 상황이다.

달리는 차 속에서 성환이 어머님께 어쩌면 군산에서 입원하여 맹장 수술을 하게 될 거 같다고 말씀드리고 계속해서 군산으로 열심히 과속하며 달리고 달렸다. '평소엔 가까운 군산이 왜 이리 먼 거야? 차는 왜 이리 느린 거야?' 등에서 식은땀이 난다. 성환이에게 탈이 날까 봐 걱정되어 계속 말을 걸면서 상태를 살피면서 계속 달린다.

허겁지겁 군산병원 응급실로 들어가서 진찰을 하니, 이곳의 의사 선생님도 맹장염이 의심된다고 하시면서 CT 촬영을 해서 정확하게 확인하고 수술 여부를 결정하자고 하신다. 일단 큰 병원에 왔으니 안심이다. 의사 선생님이 잘 알아서 치료해 주시겠지! 휴~~ 십 년 감수!

CT 촬영하고 결과를 기다리며 응급실 침대에 누워 있는 성환이에게 맹장은 누구나 있고 맹장 수술은 아주 간단하고 쉬운 수술이니 걱정하지 말고 치료하면 된다고 안심시켰다. 그런데 성환이의 얼굴 혈색이 조금씩 돌아온다. 배가 아프다고 하지도 않고 표정이 좀 편해 보인다. 아무런 조치도 취하지 않았는데 병원에 온 것으로 병이 다 나은 걸까?

잠시 후 의사 선생님이 검사 결과를 말씀해 주셨는데, 다행히도 맹장이 아니고 장이 놀라서 경련을 일으켜 통증이 심했던 거라고 하셨다. 그리고는 주사와 약으로 바로 가라앉을 거라고 하시면서 처치를 해 주셨다. 천만다행이다. 그런데 어째 속은 기분이다. 그래도 좋다. 다시 서천으로 돌아오는 차 속에서 성환이는 언제 그랬냐는 듯 밝게 웃으며 이야기한다. 이렇게 멀쩡한 놈이 그렇게 사람을 놀래다니! 허탈하다. 성환이 어머님도 매우 놀라셨고 바로 군산으로 내려오실 준비를 하고 계셨는데, 너무 다행이라고 하시면서 고맙다고 여러 번 말씀하신다.

성환이의 장을 놀라게 한 것은 어제저녁에 먹은 굴이었다. 바닷가에 왔으니 겨울에만 나오는 굴을 먹일 심산으로 서천의 유명한 특화시장에서 싱싱한 생굴을 세 자루 사다가 식당에 미리 부탁하여 찜통에 푹 쪄서 초고추장 찍어서 모두 맛있게 많은 양을 전부 다 먹었다.

그런데 성환이는 굴찜을 생전 처음 먹어 봐서 입안에서 뭉클한 굴의 식감 때문에 비위가 상했던 모양이다. 입속에서 느낌이 별로 좋지 않은데도 다른 아이들이 맛있게 먹으니 덩달아 많이 먹긴 먹었는데, 이것이 성환이 장을 긴장시켰고 그 때문에 소화 기능이 떨어져 탈을 일으킨 것이었다. 문득 아이스크림을 많이 먹어서 복통으로 급하게 병원에 데리고 간 일과, 제주도 가서 첫 식사로 고기국수를 생전 처음 먹고 배탈이 나서 계속 화장실만 들락거리고 나머지 일정 동안 제주도에서 죽으로만 끼니를 해결한 선수도 생각이 났다.

좋은 음식도 너무 많이 먹거나 싫은 음식을 억지로 먹으면 이렇게 탈이 나는 법이다.

여유 있는 첫 경기

제주도 표선에서 전국체육대회가 열리는데 하필 첫 경기 상대가 최강 부산이다. 부산은 우리보다 한 단계 위에 있어서 이길 가능성이 거의 없는 팀이다. 대회 첫날 첫 번째 경기이다. 교장 선생님께서도 큰 실력 차이를 알고 계셔서 편안하게 내년을 생각하며 연습 경기를 한다고 여기고 부담 없이 하라고 말씀하신다.

경기가 시작되자 우리가 예상했던 대로 첫 세트부터 점수 차이가 나기에 바로 3학년을 빼고 내년 멤버로 연습 경기를 하듯이 여유롭게 경기하였다. 부산과 가볍게(?) 경기를 끝내고 학교로 돌아갈 때까지 제주도에서 2박 3일의 여유가 생겼다.

시합장에 오신 교장 선생님께 나머지 일정으로 오후에는 가까운 곳을 돌아보고 학교에서 수학여행을 제주도로 오는데, 이때 가 보지 못한 곳으로 내일은 한라산을 오르고 나서 애월읍에서 오후 늦게 열리는 우슈 시합장에 가서 우리 학교 우슈 선수 경기를 응원하고 나머지 하루는 마라도에 가는 것으로 해 보겠다고 말씀을 드리니 좋다고 하시면서 선수들과 동행하시기로 하셨다.

용눈이오름과 말고기

첫 경기에서 쉽게 패하면서 전국체전 우리 팀의 시합이 종료되었으며 바로 오후부터 본격적인 우리만의 제주도 투어가 시작되었다. 제주도 출신 고문석 코치님의 추천으로 경기장에서 가깝고 소문이 덜 나고 경치가 좋은 '용눈이오름'에 올랐다. 화창한 가을 날씨에 억새 동산이 장관이다. 내 키보다 큰 억새밭이 햇빛에 반짝이며 눈이 부시다. 성산일출봉과 멀리 한라산도 보이고, 가까이에 말도 누워있고 올라가는 길에서 말똥도 밟았지만, 영화나 드라마 속에서나 봄 직한 보기 힘든 억새 잔치이다. 아주 유명한 관광지는 아니지만 숨은 경관이다.

저녁에는 모두가 생전 처음으로 말고기 전문 식당 '고수목마'에서 말고기를 코스요리로 주문하여 이것저것 종류별 나오는 대로 골고루 맛보았다. 말고기의 식감은 소고기와 별로 다르지 않았으며 애들도 맛있게 잘 먹는다. 식용 말을 별도로 전용 농장에서 사육한다고 한다.

붙임성 좋은 문형권 부장님이 말고기에 대하여 설명하러 오신 사장님과 소주잔을 주고받더니 바로 형님 동생으로 변한다. 학교에서도 나이가 적으면 남녀 불문 모두 문 부장님의 동생들이다. 아침마다 교무실에서 문 부장님이 손수 갈아서 내려 주는 커피에 반하지 않는 자가 없다. 특히 비 오는 날 교무실 가득한 고소한 커피 향은 그야말로 악마의 유혹이다.

문 부장님 특유의 친화력과 한잔 술에 분위기가 좋아진 사장님이 우리에게 말뼈 농축액을 서비스로 가져오신다. 관절에 특히 효과가 좋단다. 몸에 좋은 이놈을 먹었으니 당장 내일 한라산 올라갈 때 효과가 나타나겠지!

용눈이 오름, 억새밭의 규모가 크고 사방으로 보이는 주변 경치가 참 좋다

백록담에서 파이팅!

다음날은 한라산을 오르기 위해 이른 새벽부터 부지런 떨었다. 컴컴한 새벽에 곽 코치님이 운전하여 스타렉스에 일행을 모두 태우고 성판악으로 향했다. 살면서 모두 제주도에 여러 번 와 볼 기회가 있을 테지만, 한라산 정상에 올라가 본 사람은 많지 않다. 제주도에 사는 제주도민들도 안 가 본 분들이 대부분이다. 큰맘 먹고 올라가려고 해도 날씨가 허락하지 않으면 절대 못 간다. 산이 워낙 크고 해안 날씨라서 눈, 비, 바람이나 안개 등 악천후로 위험하여 1년 중 절반 이상 출입이 통제된다고 한다. 우리 선수들도 이번 기회에 한라산 정상에 올라가면 아마 평생 기억에 남을 것이다. 그래서 힘이 들지만 좋은 기회로 생각하고 한라산 정상 등반 코스를 선택했다.

오늘따라 날씨가 기가 막히게 좋다. 사방을 둘러보아도 구름 한 점 없는 그야말로 쾌청한 가을 날씨이다. 제주도에서 이렇게 좋은 날씨가 있을 수 있을까? 곽 코치님과 오후에 관음사에서 만나기로 하고 차는 숙소로 짐을 챙기러 돌아갔으며, 성판악 입구에서 해장국으로 아침 식사를 간단히 마친 다음 본격적인 한라산 등반이 시작되었다.

시작은 천천히 거의 평지와 다름없이 진달래 대피소까지 쉽게 도착하여 김밥과 컵라면으로 요기를 하고, 물과 귤, 초콜릿과 김밥 등을 점심으로 준비하여 선수들 가방에 넣어 정상까지 선수들이 메고 가도록 하였다. 올라가면서 보는 단풍과 고사목들 그리고 저 멀리 시원하게 보이는 바다까지 내가 두 번째 올라가는 한라산 등반 길이 전혀 지루하지 않고 경치가 시원하고 너무나 좋다.

몇 시간인지 모르지만 한참을 걷고 걸어서 어느덧 정상이다. 드디어 남한에서 가장 높은 곳 1,950m에 올랐다. 백록담이 속까지 훤히 보인다. 지난번에 왔을 때는 백록담이 심한 바람과 구름에 잠시 잠시 얼굴을 잠시 잠시 보여주고 바로 사라지곤 해서 아쉬웠는데 너무 깨끗하게 보인다. 멀리 바다와 하늘이 맞닿아 있어서 어디까지 바다인지 어디부터 하늘인지 구분되지 않는다. 감탄사가 절로 나오는 너무나 감사한 날씨이다. 오늘 여기 오길 너무 잘했다. 김밥과 귤과 물로 간단하게 점심을 해결하고 백록담 앞에서 파이팅이다. 모두 손을 한곳으로 모으고 교장 선생님이 말씀하신다.

"한라산의 정기를 받아서 내년 전국체전에서는 기필코 메달을 따자! 하이텍고, 파이팅!"

"파이팅!"

주변 사람들을 전혀 의식하지 않고 모두가 아주 큰 소리로 외쳤다. 날씨가 너무너무 화창하다. 세상에 한라산이 이런 날씨도 다 있다니! 아무리 멀리 보아도 시야를 가리는 것 하나 없이 바다 수평선 끝까지 다 보인다. 사방을 내려다보니 360도 어디를 보아도 가슴이 후련하다. 참으로 축복받은 한라산 등반이다.

새벽에 성판악에서 한라산 등반 시작

한라산 백록담, 저 멀리 바다까지 다 보이는 축복받은 날씨다.

차례를 기다려서 포토존 백록담 표지석 앞에서 다시 한번 파이팅!

고난의 하산길

한라산 정상에서 먹은 김밥과 귤의 맛은 세상 어디에도 없는 꿀맛이다. 잠시 휴식을 취하고 관음사 쪽으로 하산을 시작하였다. 그런데 여기서부터 예기치 못한 상황이 전개되었다.

선수들은 체력이 좋아 뛰어서 내려가니 선수들이 번개같이 사라지고 나서 교장 선생님과 문 부장님 그리고 나 이렇게 3명만이 뒤에서 자연적으로 낙오자가 되었다. 처음에는 천천히 경치 감상도 하면서 여유 있게 내려오기 시작하였는데, 1시간쯤 경과 하면서부터 목이 마르지만 가지고 있는 마실 물이 전혀 없다.

이때부터 3명의 군대 신병훈련소 같은 처절한 극기 훈련이 시작되었다. 먹을 것들은 선수들이 모두 메고 내려갔으니 다시 올라오라고 할 수도 없는데 목이 탄다. 관음사 방향으로 하산하는 내리막길은 거리는 가깝지만, 경사가 심하다. 거의 전부가 돌계단이다. 무릎도 아프다. 사탕이라도 하나 빨아먹는 것이 소원이다. 중간에 앉아서 물을 마시는 사람들을 보니 더욱 목에서 불이 난다. 달려들어 뺏어 먹고 싶은 심정이다. 길은 왜 이리 가도 가도 끝이 없이 지겹게 돌계단이 계속 이어지는지….

야속하게도 선수들은 벌써 관음사에 무사히 도착했다고 연락이 온다. 119를 불러 헬기 타고 내려갈까? 선수들을 우리 데리러 다시 올라오라고 할까? 한참을 더 내려오다 교장 선생님께서 이제 다 왔다고 좋아하신다. 그런데 계속 내려와도 관음사가 안 나타난다. 나뭇잎과 가지가 실루엣으로 절집의 기와지붕 윤곽으로 보인 것이다. 당이 떨어져서 헛것이 보였다고 허탈하게 웃으신다. 문 부장님도 땅에 흘린 사탕을 주워 먹고 싶었다고 하신다. 교장 선생님과 문 부장님이 4시간 동안 한라산 하산길이 너무나 힘이 들었다고 두고두고 내게 원망 아닌 원망을 하셨다.

"죄송합니다. 저도 목에서 불이 나고 다리가 후들거려 중간에 여러 번 주저앉고 싶었습니다."

산에 갈 때는 필요한 물품을 꼭 자기가 각자 챙겨야 한다는 큰 깨달음을 얻었다. 선수 일행은 우리보다 일찍 내려와서 관음사에서 낙오자 3명을 2시간이나 기다리고 있었고, 우리는 기진맥진 내려와서 애들을 보자 반가움에 만세를 불렀다. 다행으로 어제저녁에 얻어먹은 귀중한 말뼈 농축액 덕분(?)에 무사히 생환하였다.

여기서 한가지 나만이 알고 있는 아주 중요한 운동 비법을 밝히는데,

"전국에 있는 운동부 지도자님들이시여! 좋은 성적을 내고 싶으시면 우선 선수들과 먼저 한라산에 오를지어다!" 세종하이텍고는 한라산 정기를 받아 온 후 전국 상위권에서 내려오질 않고 있다. 이 숨은 비법을 이제야 모든 지도자에게 공개하니 한번 실행해 볼 것을 강력히 추천한다.

아쉽게도 우리는 3명의 낙오자 때문에 애월읍에 너무 늦게 도착하여 우슈 경기를 볼 수 없었다. 산타 종목에 출전한 우리 학교 학생이 메달을 바로 앞에 놓고 하는 경기에서 점수는 앞서고 있다가, 마지막 3회전이 끝나기 5초 전에 KO로 패하여 너무나 아깝게 졌다고 억울해한다.

그런데 가격당한 눈 부위가 시퍼렇게 부었다. 제주시에 있는 병원에서는 별 이상이 없다고 하였으나, 이 경기를 보신 교육청 장학사님이 혹시 모를 큰 부상에 대비하여 급히 비행기 표를 구하여 즉시 귀향하도록 신속하게 조치해 주셨다. 청주의 큰 병원에서 정밀검사를 한 결과, 다행하게도 단순 타박상으로 판명되었다.

공격하지 않고 마지막 5초만 피해 다녔어도 메달을 획득할 수 있었는데 안타깝게 됐다. 경기에 간발의 차로 진 것도 아쉬울 텐데, 부상까지 입어 밤에 황급히 귀가하던 광묵이의 기분이 어땠을까?

마라도 짜장면과 돌문어 파티

숙소를 애월읍 바닷가에 있는 아담한 펜션으로 정했다. 평소 습관대로 새벽에 일찍 일어나 동네를 한 바퀴 도는데, 물 빠진 바다에서 할아버지 한 분이 긴 장화를 신고 열심히 돌 틈을 들여다보면서 분주히 다니신다.

호기심에 할아버지가 나오시길 기다려 뭐 하시는 거냐고 여쭈어보니,

자기는 해남(?)이란다. 해녀가 아닌 해남! 물이 빠진 틈을 타서 큰 돌 사이에 숨어 있는 문어를 잡는데 오늘은 못 잡았다고 하신다. 순간 자연산 제주 돌문어를 맛보려는 욕심이 생겨서 어르신에게 우리 일행이 10명인데, 문어 좀 팔 수 없냐고 하였더니 쾌히 오케이 하신다. 사시는 곳이 우리의 숙소인 펜션 바로 뒷집이란다. 마침 잘됐다 싶어 문어 3마리를 주문했다. 3마리 정도면 10명이 충분히 맛을 볼 수 있단다. 얼떨결에 오늘 저녁에 자연산 제주 돌문어 파티가 벌어지게 생겼다.

오늘은 우리나라 국토 최남단 마라도에 가는 일정이다. 역시 선수들이 1학년 수학여행 왔을 때 가지 않은 곳이다. 마라도 가기 전에 해안 경치가 빼어난 용머리해안에 잠시 들렀다. 용두암과 외돌개, 주상절리대와 섭지코지 등은 제주도의 유명한 해안 경치라서 거의 가 보는데, 용머리해안은 안전상 비가 조금이라도 오거나 파도가 일거나 밀물 때면 출입이 통제되어 특이한 바위가 매우 빼어난 좋은 해안 경치임에도 못 가 본 사람이 많은 곳이다. 여러 번 다시 봐도 기이하게 겹겹이 쌓인 바위 절벽이 참 신비롭고 경이롭다.

고등어조림으로 점심식사를 한 후 배에 올라 약간의 파도를 밀치고 마라도에 들어갔다. 도착하여 섬을 한 바퀴 돌면서 예쁜 성당과 국토 최남단 비석에서 사진도 찍고 등대를 돌아 선착장으로 오는 길에 여기저기서 짜장면 먹고 가라고 붙잡는다. 예전에 핸드폰 017 광고를 개그맨 이창명이 이곳 마라도에서 “짜장면 시키신 분?” 멘트가 뜨면서 마라도에 오면 의례적으로 짜장면을 먹어보는 것이 당연한 코스가 되었다. 사실은 짜장면보다 해물 짬뽕이 푸짐하다.

점심 식사를 하고 섬에 들어왔지만 아이들에게 짜장면 맛을 보일 심산으로 우리를 부르는 식당 사장님에게 식사는 하고 왔으니 짜장면 양을 좀 줄이고 가격을 반으로 깎아 줄 수 없냐고 하니, 얼른 안으로 들어오란다. 식당에 모두 들어가니 갑자기 문 부장님이 놀려 댄다.

"아니 세상에 짜장면값을 깎는 사람이 어디 있나요?"

"대단하십니다!"

졸지에 내가 엄청난 짠돌이가 되었다. 학교에 돌아와서도 문 부장님은 교무실에서 내가 옆에 있으면 "이 형님이 짜장면값도 깎으신 엄청난 분!"이라고 놀려 대서 주변에 모르는 사람이 없는 흥정의 달인(?)으로 소문이 났다.

마라도에 있는 대한민국 최남단 표지석과 그림 같이 예쁜 마라도 성당

저녁에 문어 삶는 것을 펜션 사장님에게 부탁하여 덤으로 더 주신 것까지 모두 5마리의 돌문어를 맛있게 실컷 먹었다. 문어는 삶는 시간이 맛을 결정한다. 익은 문어의 다리 부위를 먼저 썰어서 먹으면서 머리는 더 오

래 끓인다.

교장 선생님과 선수들이 함께 둘러앉아 사장님이 쟁반에 썰어 주시는 맛있는 문어를 초장 찍어서 푸짐하게 먹었다. 모두가 맛있게 실컷 먹고도 배가 불러서 결국 남겼다. 교장 선생님께서 "백 감독님이 부지런해서 귀한 것을 용케 먹어 본다"라고 하셔서 "나이 들어서 새벽잠 없는 것도 좋을 때가 있네요!" 하면서 같이 웃었다.

문어를 썰어 주시던 펜션 사장님이 문어를 얼마 주고 사셨냐고 물어보시기에 자랑스럽게 가격을 말해 주었더니, 직접 잡은 사람한테 바로 사서 싱싱한 놈을 싼값에 먹는 줄 철석같이 믿고 있었는데, 실망스럽게도 사장님은 웃으시면서 '제값을 다 주고 샀다'고 하셔서 좀 씁쓸했다. 마라도까지 가서 짜장면값은 깎으면서…. 아무튼 새벽에 우연히 만난 해남 덕분에 쫀득쫀득한 제주 돌문어를 제대로 먹어 보았다.

스포츠클럽 족구대회

순위 경쟁이 아니고 순수하게 참가하는 데 의미를 두는 스포츠클럽대회가 종목별로 지역 예선 대회와 시도 선발전을 거쳐서 전국대회가 매년 가을에 종목별로 분산 개최되는데, 세종하이텍고가 배드민턴과 족구 종목에서 세종특별자치시 대표로 선발되어 선수들을 데리고 전국 스포츠클럽대회에 참가하게 되었다.

엘리트체육에서 생활체육으로 패러다임이 점차 바뀌는 시책의 일환인데, 내 개인적인 생각은 타고난 재능을 살리고 온 국민의 프로 경기 관람으로 여가선용과 정신건강에 크게 기여하면서 선수 생활 은퇴 후 생활체육 지도자로 전환되어 국민 건강에 일조하는 엘리트 체육의 중요성을 간과하는 것 같아서 안타깝다. 그러나 순수한 아마추어 경기로서 어느 종목이라도 등록 선수는 참가할 수 없으며, 순위별로 시상도 하지 않고 참가자 전원에게 메달을 수여하는 스포츠클럽대회도 나름대로 의미가 있는 체육 정책이라고 생각된다.

경남 밀양에서 열리는 배드민턴대회에 학생들을 데리고 참가했던 소감으로는 훌륭한 배드민턴 전용 경기장이 너무나 부러웠으며, 우리 학교 경기 모습이 지상파로 전국에 녹화로 중계되어 화면 속에 내 모습을 알아보고 멀리 인천에서 근무하는 대학교 동기생한테 오랜만에 전화 와서 도대체 너는 배드민턴 시합장에도 나타나느냐고 말해서 한참을 웃었다.

예상대로 우리는 가볍게 예선 탈락 후 아이들과 원조 돼지국밥도 먹어 보고, 유명한 밀양의 영남루에 올라 보았으며, 밀양시에서 제공해 주는 셔틀버스를 타고 트윈터널을 들어가 보고 아이들이 기억에 남는 시간을 가지도록 하였다.

스포츠클럽 족구대회가 열리는 곳은 세종에서 가까운 공주대학교 운동장이다. 거의 모든 종목에서 그러하듯이 규모가 왜소한 광역시, 도인 신생 세종시는 말 그대로 참가에 순수한 뜻이 있다. 스포츠클럽 대회도 시, 도 간에 경쟁의 심리가 작용 되어 조금씩 경기가 치열해지는 모습이 보이기도 하여 이것도 과열될까 약간 걱정이다.

우리 선수들에게 다치지 말고 재미있게 시합하라고 주문하였다. 그리고 져도 좋으니까 후보 선수도 골고루 경기에 참여하도록 해서 모두가 즐기는 대회를 하도록 하였다. 열심히 이기려고 해도 우리가 거대한 타 시, 도의 많은 학교 중에서 선발되어 나온 타 시, 도 대표를 이기긴 어렵다. 그런데, 우리가 경기하는 바로 옆 코트에서 중등부 시합을 하는데 키가 유난히 크면서 서브도 잘 차고 리시브에 공격까지 운동 신경이 좋아 보이는 선수가 눈에 확 들어온다. 우리 경기는 안중에도 없고 계속 옆 코트로 자동으로 시선이 가서 유심히 고 녀석을 보고 있다. 큰 키에 유연성에 볼 센스까지 바로 태콩으로 딱이다. 같이 간 곽 코치에게 눈여겨보라고 했는데 지켜본 소감은 한마디로 "좋은데요!"이다. 한눈에 봐도 틀림없이 훌륭한 세팍타크로 태콩이 될 좋은 재목이다. 탐이 난다.

경기를 마치고 해당 중학교 선수들이 쉬고 있는 대전광역시 천막으로 바로 찾아갔다. 앉아 계시는 담당 선생님에게 잠시 드릴 말씀이 있다고 천막 밖으로 모시고 나와서 빠르게 말씀드렸다. 내가 세종하이텍고등학교 세팍타크로 팀 감독임을 알리고 키가 큰 중학교 선수에게 관심이 있으며 세팍타크로 선수들의 진로에 대하여 간단히 설명해 드렸다. 맡겨 주시면 틀림없이 훌륭한 세팍타크로 선수로 키워서 대학교 진학까지 책임지겠다고 말씀드렸다.

내 연락처를 알려 드린 다음 학교로 돌아왔다. 같이 간 곽영덕 코치도 나와 같은 생각으로, 신체 조건이 정말 탐나는 아이라고 말하면서 제발 연락이 오기만을 같이 애타게 기다렸다.

며칠이 지난 다음 기다리고 기다리던 반가운 연락이 왔다. 마침 담당 선생님이 그 학생의 현재 3학년 담임이시며 학생에게 공부보다는 잘하고 좋아하는 운동 쪽으로 진로를 권하고, 부모님과도 상담을 마쳤으니 중학교에 와서 학생과 부모님께 직접 설명드리는 기회가 있었으면 좋을 것 같다고 하셔서, 벼락같이 바로 다음 날 오후에 곽 코치와 같이 신탄진에 있는 중학교로 방문하기로 약속하였다. 교장 선생님께 자초지종을 말씀드리니, 필요하다면 교장 선생님께서도 같이 갈 의향이 있으시다고 하시면서 나보다 훨씬 더 적극적이시다. 참 고마우신 교장 선생님이시다.

중학교로 찾아가서 학생과 부모님, 담임 선생님과 곽 코치와 나란히 앉아서 세팍타크로에 대한 설명과 졸업 후 진로와 우리 학교에서 운동하고 생활하게 되는 여건들을 설명해 드리고 궁금한 사항의 질문에 대하여서는 더욱 자세히 말씀드리니 부모님과 학생이 더욱 호감이 가는 분위기로 긍정적으로 바뀌어 갔다.

학생을 곁에서 가까이 보니 큰 체격에 인상도 밝고 한눈에 봐도 성실한 모습으로 같이 운동하고 싶은 마음이 더욱 생겨난다. 벌써 해당 학생이 인터넷으로 검색하여 하이텍고 세팍타크로에 대하여 훤히 알고 있었다. 결승전 중계방송 화면도 여러 번 다시 보아서 화면 속의 곽 코치와 내 모습을 직접 보니 낯설지 않다고 친근감 있게 이야기해서 다행이다 싶었다.

며칠 후 부모님과 학생이 하이텍고를 방문하여 우리 학교 선수들과 곽 코치와 같이 세팍타크로 공을 다루면서 운동 감각과 유연성, 순발력, 집중력 등을 테스트해 본 결과, 역시 예상대로 가능성이 있는 좋은 자질을 가지고 있다고 판단되었다.

부모님과 학생과 같이 새로 지어서 깨끗한 기숙사 시설들을 모두 돌아보고 개인 침대와 세탁기에 건조기, 체력단련장, 당구대까지 있는 휴게시설까지 매우 만족해하셨다.

인사드리려고 교장실에 들어가자마자 학생을 처음 본 교장 선생님께서 우선 큰 키와 외모에 감탄하신다.

"이렇게 훤칠한 큰 키에 인물도 좋은데, 운동도 잘한다고 들었다"라고 칭찬을 하시면서 교장으로서 운동에 필요한 것들을 최대한으로 도와줄 테니까 와서 열심히 해보라고 말씀하신다. 차를 같이 마시면서 부모님에게 훌륭한 감독, 코치라고 말씀해 주시니 믿음에 어긋나지 않도록 더욱 열심히 하게 되는 것 같다.

이렇게 해서 스포츠클럽 족구대회 시합장에서 인연이 되어 세팍타크로에 발을 들여놓게 되었고, 역시 기대했던 대로 청소년대표까지 성장한 선수가 바로 "김성훈 선수"이다.

세종하이텍고등학교는 특성화고등학교로서 입학 문이 전국으로 열려 있어서 지역 제한 없이 서울이나 제주도에서도 진학할 수 있다. 학교 행사나 체육 수업용으로 큰 강당이 신축되어서, 세팍타크로부는 전용 강당에서 외부의 방해를 받지 않을 수 있고, 냉난방 시설을 마음대로 이용하면서 밤을 새워서라도 운동에 전념할 수 있다. 좋은 시설을 갖춘 기숙사와 함께 세종시체육회, 교육청, 학교의 전폭적인 지원과 곽영덕 코치의 탁월한 지도력까지. 이러한 좋은 운동 여건을 다른 학교에서 부러워하고 있으며, 이 모든 것이 어우러졌기에 우리 팀이 꾸준히 전국 상위권을 유지하고 있다고 생각한다.

인천 아시안게임 운영 요원

2014년 인천 아시안게임이 개최되었는데 세팍타크로 경기는 부천체육관에서 진행되었다. 나는 대회 운영 요원으로 맡은 직책은 '선수단계'로서 외국 선수들의 이동과 안내를 총 책임지는 큰 임무를 부여받았다.

자원봉사자인 통역 요원들과 함께 선수단이 체육관에 도착하면 웜업존으로 안내하고 경기 시작 직전에 경기장으로 이동시키고, 오더 제출, 경기 끝난 후 숙소로 가는 셔틀버스에 타기까지 각국 선수들의 모든 이동 동선대로 화장실, 식당, 기도 장소, 웜업존, 경기 장소 등으로 선수단을 안내를 책임지는 막중한 임무이다.

우선 24명의 통역 요원들을 모여놓고 간단한 자기소개로 서로 인사를 나누고, VIP 수행원, 본부석과 나라별로 통역을 배정하였다. 모두의 연락처를 프린트하여 나누어 주고, 통역 요원 밴드를 만들어 수시로 소통할 수 있도록 하였다. 역시 젊은 대학생답게 바로 척척 된다. 나는 세종에서 왔고, 교사이며 호칭을 "대장님!"이라고 부르도록 하였다. ★★★★

대회 전날 큰 규모의 부천체육관을 다 같이 한 바퀴 돌면서 선수들 도착 장소, 출발 장소, 화장실, 매점, 기도하는 곳, 지하에 있는 웜업존, 도시락 먹는 식당, 경기장 입구, 출구 등 위치를 익히고, 하여야 할 일들과 주의사항을 매뉴얼에 있는 대로 차근차근 설명하였다. 통역 자원봉사 요원들이 교포 1명을 제외하고 모두 학생들이다. 캐나다에서 살다 와서 우리말보다 영어가 편하다는 고1 막내가 활달하게 통역원 대기실을 활기차게 한다. 나머지 모두 명문대 학생들이고 중국에서 오신 교포가 최고 선임이었으며 모두가 해당 외국어를 매우 유창하게 구사한다.

통역 자원봉사자들이 하나같이 헌신적으로 책임감 있게 해 주셔서 대회가 큰 혼란 없이 원만하게 진행되어서 고마웠으며, 나도 새로운 경험이었고 큰 보람이었다. 대회 중 현장 속에서 내가 겪었고 느꼈던 일들을 중심으로 이야기하고자 한다.

우리나라 세팍타크로 남녀 국가대표 선수단

기적이 일어났다!

세팍타크로가 인기를 끌면서 유료로 입장하는 곳인데도 그 큰 부천체육관이 연일 매진이다. 매스컴에서도 보도되고, 대한세팍타크로협회에서도 대박 터진 관객 수에 좋아서 어쩔 줄 모르고, 우리나라 남자 대표 팀

이기훈 감독님은 평생 처음 우리나라 만원 관중 앞에서의 경기가 감격스러워 인터뷰 중에 눈물까지 보였다. 협회에서 부랴부랴 준비하여 세팍타크로 공이 달린 열쇠고리와 기념 배지, 세팍타크로 공 등을 찾아 주신 관중에게 던져 주며 감사함을 표했다.

사실 대회 시작 전에 텅 빈 관중석으로 인하여 썰렁한 분위기가 걱정되어서 협회에서 부천시 교육청으로 찾아가 학생들의 단체 응원 협조를 부탁하였었다. 그런데 부천교육청 유선만 교육장께서 각 학교에 경기 관람 권장 공문을 보내겠으나 오고 안 오고는 학생 자율이라고 하셨단다. 예전 같지 않아 수업 시간에 단체로 경기를 관람한다는 것은 불가능한 일이다.

학생들을 단체로 동원하여 관람석을 채울 수 없으니 텅 빈 관중석이 동남아로 중계되는 일이 벌어지게 생겼다. 낭패다! 학생들을 단체 입장시키려던 계획은 물 건너갔다! 썰렁하게 텅 빈 관중석 걱정을 하고 있었는데, 경기 둘째 날부터 시민들이 이곳 부천에서도 열리는 인천 아시안게임 세팍타크로 경기가 재미있다는 소문이 돌았던 모양이다. 부천 시민들의 구름 관중이 몰려들기 시작하여 셋째 날부터 연일 매진 행진이었다.

상상하지 못한 일이 벌어졌다. 세상에 이런 일이! 꿈이냐? 생시냐?

우리나라 세팍타크로 역사상 초유의 놀라운 사태가 이곳에서 벌어졌다. 입장권이 5,000원씩인데 살 수가 없다. 난리가 났다. 그야말로 기적적인 만원 관중 대박 사건이다! 듣기로는 이렇게 큰 부천체육관이 준공 후 처음으로 최대의 인원이 입장하였고, 세팍타크로가 인천 아시안게임 전체 종목 중에서 야구, 축구에 이어 세 번째로 많은 관중을 동원했단다. 누가 세팍타크로를 비인기 종목이라 했는가?

그래서 불법 입장

그런데 하루는 체육관 밖에서 아는 얼굴들이 방황하고 있는 것을 보았다. 멀리 서천에서 오신 여자 대표 선수 부모님과 가족들, 인천 사는 나의 오랜 친구 일행, 세종시 일반부 성효승 선수 일행 등이 주말에 경기를 보려고 먼 걸음을 하였는데 표를 구하지 못하여 체육관 밖 길에서 허둥대고 있었다.

아니! 먼 길을 오셨는데 그냥 집으로 되돌아가시게 할 수는 없는 일 아닌가? 모두 불러서 내 뒤를 따라오시라고 말하고, 앞장서서 관중석 입구가 아닌 나의 평소 일터인 선수단 전용 출입구 쪽으로 인솔하였다. 매일 보아서 낯익은 보안 요원에게 멀리서 오신 우리나라 대표 선수 가족임을 얘기하고 문을 열어 모두를 2층 관중석으로 불법으로 입장시켰다.

체육관 안에 들어가 관중석을 둘러보니 역시 가득가득 만원이다. 자리가 없더라도 통로 계단에서라도 볼 수 있도록 하였으니 그나마 다행이다. 내가 분명히 잘못한 일이지만, 잘못했다는 생각이 전혀 들지 않고 오히려 뿌듯했다. 앞장서서 10여 명을 입장권도 없이 불법으로 입장시킨 나는 분명 엉터리이고 가짜 대장이다.

세팍타크로 경기장의 최고 사건은 누가 뭐래도 구름 관중으로 대박 난 일이다.

미얀마 선수를 찾아라!

체육관에 들어오는 각 나라의 모든 선수에게 우리말로 "안녕하세요!"라고 계속해서 인사를 하니까 언제부터인지 외국 선수들이 먼저 "안농하쎄요!" 하고 인사한다. 동남아 선수들이 두 손을 합장하며 공손히 인사하는 모습에 '내가 부처님도 아닌데 이런 인사를 받아도 되나?'라는 생각도 들었지만 여러 번 반복되니 나도 두 손을 모아서 똑같이 인사하게 되었다.

활달한 베트남, 인도네시아, 말레이시아 여자 선수들이 한류 영향인지 서툰 말로 "옵빠!"라고 부르면서 인사하기에, "오빠 노, 아빠 예스!"를 반복하였더니, 이제 "압빠, 안농하쎄요!"가 자연스럽게 나온다. 여러 나라에 딸들을 쉽게 많이도 만들었다. 그까짓 영어 별거냐? 틀리면 어때? 소통만 하면 되는 거지 뭐! 너희는 한국말 나만치 해? 손짓과 발짓으로 거의 다

통한다. 그리고 비장의 무기인 핸드폰 통역기가 있지 않은가! 요놈만 있으면 전 세계 어디든지 다 돌아다닐 자신이 있다.

미얀마 여자 선수단이 경기 시간 1시간 전에 웜업을 위해 미리 도착하여 지하 웜업존에서 준비운동을 해야 하는데 도통 나타나질 않는다. 큰일이다. 헐레벌떡 워키토키로 연락하여 확인해 보니 숙소에서는 분명히 출발하였고, 체육관에 셔틀버스도 이미 도착하였는데, 선수들이 도대체 보이질 않으니 대략 난감이다. 사라진 미얀마 선수들을 찾으러 체육관을 뛰듯이 한 바퀴 밖으로 헐레벌떡 돌면서 열심히 찾아보았는데 선수들이 없다. 하늘로 솟았나? 도무지 안 보인다.

그런데 잠시 후 워키토키에서 협회 김 대리가 찾았다고 연락이 온다. 가서 보니 우리나라 초등학생 정도로 어린 모습의 미얀마 여자 선수와 감독이 체육관 밖 통로 매점 안에서 컵라면을 먹고 있는 것이 아닌가? 매점 안쪽 구석 둥근 파라솔 테이블에서 조용히 컵라면을 먹고 있었으니 안 보인 것이다. 아무튼 찾았으니 다행이다. 안심이 되면서도 화가 나서 "야! 너희들 찾느라고 발칵 뒤집어졌는데 여기 숨어 있으면 어떡해?" 소리를 질렀는데 얘들이 우리말을 알아들을 리 없다. 눈만 멀뚱멀뚱…. 그래서인지 다음부터는 선수들이 안 들어오면 일단 매점으로 가보는 습관이 생겼다. 매운맛의 컵라면을 좋아해서 동남아 선수들한테 인기 간식이기 때문이다.

그런데, 요 쬐그만 선수들이 더블 이벤트에서 금메달을 목에 걸어 일약 미얀마의 영웅이 되었단다. 인천 아시안게임에서 미얀마의 유일한 금메달이 세팍타크로 남녀 더블에서 나왔으니 분명 영웅임이 틀림없다. 많은 연습이 이루어낸 실수가 전혀 없는 볼 컨트롤과 네트를 타고 넘어가는 정확한 서브, 화려하고 강하진 않지만 빈 곳으로 눈으로 보면서 정확하게 보내는 헤딩 공격으로 점수를 착실하게 올려서 결국 금메달까지 차지하였다.

세팍타크로가 동남아에서 인기 종목이어서 동남아 20여 개 나라에 생중계되었고, 미얀마 전역에서 보고 있는 가운데 만원 관중 앞에서 현지에서 온 중계 팀의 박진감 있는 화면 송출로 감격스러운 우승 장면을 미얀마 온 국민이 함께하였으니 큰 감동을 줄 수밖에….

마음씨 좋은 동네 아저씨 같은 미얀마 감독. 인도에서 온 심판인데 철도공무원이라고 했다.

아들의 배드민턴 사랑

막내가 인천 아시안게임 배드민턴 경기를 보려고 대전에서 올라온다고 한다. 모처럼 먼 인천에서 얼굴 보기 어려운 아들과 반가운 저녁 식사 약속을 하였다.

막내가 중3 때 과학고에 합격하고, 운동을 시키려고 새벽에 체련관에 데리고 다니면서 배드민턴 레슨을 1달 정도 받았는데, 이것이 배드민턴을 아들의 평생 운동으로 만들어 버렸다. 고등학교에서 틈만 나면 체육관에서 배드민턴을 하였고, 교내 배드민턴대회를 주관하여 진행하기도 하였으며, 대학에 와서도 배드민턴 동아리에서 활약하면서 코리아 오픈 배드민턴 대회 선심으로 봉사활동을 하기도 하였으며, 카이스트 석사과정의 그 바쁜 생활 속에서도 배드민턴 라켓을 놓지 않고 틈만 나면 운동을 하고 있으며, 인천 아시안게임 배드민턴 경기장 입장권을 어렵게 예매하였다고 엄청 좋아한다. 같이 저녁 식사를 하면서 수척해진 아들의 모습을 보니 안쓰러웠지만, 웃음을 잃지 않고 어려운 공부를 헤쳐 가고 있어 다행이었고 또 자랑스러웠다.

경기를 본 느낌이 어떻더냐고 물으니 "국대는 실력이 사람이 아니라 신"이란다. 보통 사람은 도저히 처리하지 못할 공을 다 받아내고 또 공격하니 배드민턴의 신이지! 운동이든 공부든 예술이든 나름의 분야에서 정상에 오르려면 분명 남들보다 더 많은 시간과 노력을 힘들게 해야 한다는 것은 평범한 진리이다.

이후에도 아들의 배드민턴 사랑은 계속되어 틈만 나면 배드민턴 경기 동영상을 보고 있고, 가지고 있는 라켓과 운동화는 수없이 많으며, 주말에 다른 지역으로 경기하러 수시로 다니면서 그 어려운 박사 학위까지 취득하였다. 지금은 좋은 직장에서 여전히 배드민턴을 자주 하면서 근무하고 있으니, 세 살 버릇 여든까지가 아니고 중3 운동 평생 가게 생겼다.

태국의 주장 유파디 선수

현재 세팍타크로 세계 최강은 태국이다. 태국인들에게 세팍은 어려서부터 해 온 전통 놀이나 마찬가지라서 환상적인 볼 컨트롤이 몸에 배어 있다. 그뿐만 아니라 세팍타크로 자체가 인기 종목이라서 프로 리그가 열리는 나라 중 하나다. 많은 경기 경험으로 세팍 종주국답게 경기 수준이 최고 강세인데, 말레이시아에서 태국으로 패권이 넘어가고 그 뒤를 우리나라가 따라붙고 있는 실정이다.

그중 태국 남자 팀의 주장 유파디 선수 이야기다. 나이도 좀 들어 뵈고 기가 막힌 볼 터치와 달려가면서도 인스텝으로 정확한 세팅을 올려 주고, 피더이지만 롤링 공격도 잘 차면서 영어도 잘한다. 잘생긴 외모에 항상 밝게 합장하며 공손히 인사도 잘하는 훌륭한 선수이다. 자주 보면서 이야기를 나누었으며 한국에서 지도자 생활을 하고 싶다고도 하였고, 유파디 선수를 통하여 태국의 세팍타크로 인기를 가늠할 수도 있었다.

주말에 오랜 친구가 경기장에 관람하러 와서 세팍 공을 친구에게 주고 싶은 마음에서 마침 지나가는 유파디 선수에게 세팍 공 좀 하나 줄 수 없느냐고 이야기하였더니, 경기가 끝나면 주겠다고 하여 오랜만에 본 친구에겐 태국 선수에게 받은 불탑 모양의 배지를 주었다.

내가 감독으로 있는 세종하이텍고 선수들에게 수준 높은 경기를 보면 좋을 것 같아서 곽 코치의 인솔로 아시안게임 경기장에 우리 학교 선수들이 부천으로 올라왔다. 일반 관중석이 아닌, 일반인이 출입이 금지된 선수 전용 관람석에 자리하고 경기를 자세히 견학하도록 하였다. 단순한 구경이 아니고 각자 자기 포지션의 선수를 집중해서 관찰하여 세계적인 수준의 경기를 보고 많이 배우도록 당부하였다.

그런데 옆에 태국 남자 선수들이 있는 것이 아닌가? 여자 경기를 응원하러 온 것이다. 태국 선수들에게 내가 지도하고 있는 선수들이고 우리나라 고등부 최고(?) 이며, 청소년 국가대표도 있다고 소개하였더니 반가워한다. 같이 섞여서 앉아서 경기를 보고 있는데, 중간고사 영어 만점 받았다고 선생님에게 칭찬을 들은 영어 잘하는 찬송이 옆에 유파디 선수를 불러 앉히고 궁금한 것은 뭐든지 물어보라고 하고는 나는 내가 맡은 자리로 돌아왔다.

선수단 출입구 모습인데 내가 주로 이곳에서 활동하였다. 앞에 보이는 왼쪽 출입문 안에서 통역원들과 대기하며, 통역 요원들 앞으로 선수들이 지하 웜업존에서 올라와 경기장 안으로 입장하고 있다. 전화하는 사람은 중국 남자 팀 감독인데 영어를 잘하며 우리나라 대표 선수의 훈련 시스템을 매우 부러워하였다.

다음날에는 태국 선수들과 우리 학교 선수들이 자연스럽게 같이 앉아서 경기를 보고 있었으며, 태국 선수들에게 유니폼도 선물 받아서 학교에 돌아와 보니 우리 학교 선수들이 태국 국가대표 선수(?)가 여러 명 되어 있었다. 그리고 며칠 후 예상대로 태국이 남자부 팀 이벤트에서 금메달을 차지하면서 결승전을 끝으로 모든 대회가 종료되고 통역들과도 고맙고 또 수고했노라고 일일이 악수를 하면서 마지막 인사를 하고 있는데, 통역 대기실에 유파디 선수가 헐레벌떡 나한테 뛰어와서 세팍타크로 공을 주고 가는 것이 아닌가?

경기 끝난 후 공을 준다고 며칠 전에 한 말을 나는 벌써 까마득히 잊고 있었는데, 경기에 집중하느라 바쁜 와중에도 이 말을 여러 날 동안 잊지 않고 있었다니 감동이다. 진한 악수로 고마움을 표하고, 받은 공을 통역원 중 활달한 제일 막내한테 선물하였더니 좋아서 펄쩍펄쩍 뛴다. 세계 최고의 선수라고 소개하고 함께 기념사진도 찍도록 하였다. 이 학생도 인천 아시안게임 세팍타크로 경기장 자원봉사 경험을 평생 간직하리라….

일본 팀의 혼다 감독과 중국의 왕까이 감독

다른 모든 종목에서 거의 중국과 일본이 강팀이지만 세팍타크로는 우리보다 한 수 아래다. 동남아 국가들이 실력도 좋고, 아시아 세계 세팍타크로 연맹의 운영도 안하무인 격으로 운영하는 것이 맘에 안 든다. 회장 마음대로 경기를 멈추고, 시작하고, 통역 요원도 마치 자기의 하인 다루듯 하여 매우 불쾌하여 가고 싶지 않다고 본부석 통역을 맡은 통역 요원이 말한다. 중국이나 일본이 세팍타크로가 올림픽에 없는 종목이라고 지원이 별로 없단다.

대표 선수 합숙 훈련을 실시하지도 못하고, 겨우 선수 구성해서 며칠간 연습하고 대회 출전하여 선수들이 실수가 많았다. 분명 더 잘하는 선수도 있는데 직장에서 불이익 때문에 국가대표 선수로 긴 시간을 낼 수가 없다고 한다. 그리고 우리나라의 국가대표 훈련 시스템을 매우 부러워하였다. 중국과 일본이 아시안게임 메달권에서 있으면서 아시아, 세계연맹 임원도 하면 세팍타크로의 세계화도 분명 앞당겨질 텐데 아쉬운 일이다.

핸섬한 중국 팀의 왕까이 총감독이 통역 요원들 전원에게 식사를 대접하고 싶다고 말하여서 협회에 문의하니 호의를 거절하기도 그렇고, 큰 부담을 주지 않는 범위에서 진행해도 된다고 하여, 밴드에 통역 요원들 긴급 미팅이 있다고 집합시켜서 체육관 가까운 경양식 집에서 저녁 식사를 모두 함께 즐겁게 하였다.

왕까이 총감독은 기관총을 소지한 채로 중국의 주석을 바로 곁에서 경호한 고위직 당원이란다. 고속도로에서도 역주행이 가능할 정도의 막강한 파워를 가지고 있다고도 했다. 중국에서 안 되는 것이 없단다. 믿거나 말거나….

식당엔 우리뿐이다. 인사도 시키고 건배도 하고, 활달한 여학생 통역요들의 박수와 환호로 기분이 한껏 좋아진 왕 감독이 우리나라 노란색 지폐가 가득 든 봉투를 중국어 통역에게 주면서 통 크게 말한다. “이 돈 다 써야 한다. 마음대로 주문해도 된다!”라는 말에 식당이 떠나갈 듯 큰 환호와 '왕까이'를 부르는 합창이 또다시 울렸다. 학생 위주의 메뉴들이 각자 취향대로 골고루 주문되었고, 학생들이 여러 가지 음식들을 접시에 조금씩 담아서 왕 감독에게 주어서 우리나라 젊은이들의 인기 음식들을 모두 맛보게 하였으나, 안 먹어도 배가 부르다고 기분 좋아해한다.

유쾌한 시간을 함께 가진 후부터 통역 요원들과 한결 가까워진 왕 감독이 통역원 대기실에 자주 들러서 학생들과 편하게 대화하였다. 인물이 아주 훤칠한 왕까이 총감독을 훗날 군산 슈퍼시리즈나 정읍에서나 전주 대회에서 다시 만나진 못하였다.

일본은 역사적으로 또 독도 문제로 우리와 사이가 좋지 않다. 그런데 이번 기회로 일본이 우리보다 좋은 점을 발견할 수 있었다. 어느 팀이든 경기가 끝나고 나간 자리를 보면 의자가 어질러져 있고, 먹다 만 생수병들이 여기저기 널브러져 있다. 그러나 딱 한 팀, 일본은 안 그랬다. 연습장에 와서 유니폼으로 갈아입고 벗은 옷은 신발 위에다 차곡차곡 접어서 나란히 놓았다. 식당에서 식사나 경기 후에 일본 팀이 떠난 자리는 쓰레기를 볼 수 없다. 의자도 테이블 아래 집어넣어 깔끔하게 정돈해 놓고 나간다. 분명 우리가 배워야 할 일본 팀의 몸에 밴 질서 의식이다.

일본 팀의 혼다 총감독에게 일본 팀의 질서 의식이 최고라고 엄지 척 칭찬해 주었더니 코치가 잘 지도해서 그렇다고 최고 코치라고 공을 돌린다. 혼다 감독을 며칠 동안 자주 보면서 느낀 점은 참 예의 바르고 겸손하다. 혼다 감독만이 꼭 통역원 대기실에 찾아와서 정중하게 도착 인사와 출발 인사를 한다. 명함을 보니 대학교 교수이다. 혼다 자동차가 당신 것이냐고 농담을 하니 이름만 혼다이지 자기와는 상관없단다. 나이를 물으니 나보다 한 살 위다. 그래서 "형님!"이라고 부르면 "아리가또!"라고 친근하게 대답한다. 가까운 친한 사이에 하는 인사라고 한다.

내 손목에 찬 세이코 시계가 자기 것보다 비싼 거라고 부러워한다. 큰딸아이가 미국에서 교환학생 끝나고 돌아오면서 선물로 사 온 시계인데, 아주 비싼 놈은 아니지만 깨끗한 디자인이 맘에 들어 늘 차고 다닌다. 나는 혼다 자동차가 필요하다고 혼다 감독에게 말하니까 일본에 와서 연락하면 혼다 자동차를 꼭 태워 주겠다고 이야기하면서 크게 웃는다. 혼다 형님 역시 이후로 다시 만나지 못하였다.

일본 감독과 코치에게 선물 받은 타올 3장

이런 일 저런 일

대회 중 갑작스러운 폭우가 내려 체육관 바닥으로 물이 떨어져 경기가 잠시 중단되는 나라 망신 에피소드도 있었고, 경기 시간을 착각한 선수단이 실격패를 당하는 일도 있었으며, 개구쟁이같이 장난기가 매우 심한 베트남 여자선수단, 우리나라 선수단이 해외에 고추장을 가지고 나가듯이 항상 진한 향료(나뭇잎인데 나는 맛을 보고 바로 뱉음)와 함께 식사하는 동남아 선수단도 기억에 남는다.

할림 회장의 독선적인 제왕적(?) 협회 운영이 우리 정서와 달랐으며, 심판들의 된소리 영어 발음도 특이했다. 예를 들자면 '투'를 '뚜'로, '텐'이 '뗀', '투엔티'가 '뚜엔띠' 식이었다. 직업이 철도공무원이라는 인도 심판과 가까워졌고, 현역 군인이며 계급이 별 하나라는 말레이시아 감독과 미얀마의 영웅이 된 덩치 큰 미얀마 감독이 자기 나라에 꼭 놀러 오라고 하였는데 아직 갈 기회가 없었다.

항상 웃는 일본 팀의 미사와 감독과 유도 선수 출신 센타로 코치, 볼 때마다 항상 담배를 물고 있는 골초 인도 감독, 우리나라 대표 팀의 훈련 체계를 엄청 부러워한 중국 남자 팀 감독도 다시 보고 싶다.

대회가 막바지로 접어들면서 외국 선수들과 자연스럽게 인사를 나누게 되었고, 인도네시아 여자 주장 선수가 내 손에 항상 들려 있는 워키토키를 잠깐 보자고 하더니 거기에다 대고 큰소리로 인사한다.

"할로우 애브리완, 아임 리싸 프럼 인도네이시아. 씨유 인 자카르타 넥스트 에이시안 게임. 땡큐, 빠이 빠이!"

그리고 인도네시아의 인자한 어머니 인상의 여자 팀, 의무 담당에게 인도네시아 전통의상인 우리나라 저고리 같은 모양의 '바틱'이라는 반팔

인도네시아 전통 의상 바틱

남방을 감사하게도 선물 받아 아직까지 기념으로 잘 보관하고 있다.

우리나라 선수단이 목표한 금메달에 미치지 못하여 약간 아쉬워하였지만, 큰 사고 없이 대박 관중을 동원하고 흥행몰이 속에 성공적으로 대회가 종료되었다. 팀 이벤트에서 은메달을 획득한 우리 학교 출신 남자 대표 홍승현, 고재욱 선수와 기념사진을 찍었고, 이 사진이 들어간 "본교 졸업생 인천 아시안게임 세팍타크로 은메달 획득" 축하 현수막이 세종하이

텍고 교문 위에 오랫동안 걸려 있으면서 후배들에게 긍지를 심어 주었다.

군산 슈퍼시리즈까지

인천 아시안게임에서의 경험을 바탕으로 훗날 군산, 정읍, 전주에서 개최된 국제대회에서도 또다시 외국 선수단을 안내하는 역할을 맡아서 외국 선수들을 반갑게 다시 만났으며, 국제대회의 진행에 조금이라도 보탬이 된 것 같아서 뿌듯하였다. 특히 군산 슈퍼시리즈에서 있었던 일이 생각난다.

대회 전날 군산체육관에 운영 요원으로 내려갔는데 사무실에 들어가자마자 큰소리가 났다. 사무처장님이 어디론가 전화로 "대회를 하지 말라는 거냐?", "무조건 통역 요원을 보충해라!"라는 등 큰소리로 난리 친다. 통역을 지원한 호원대학교 학생들이 시험을 이유로 대회 전날 갑작스럽게 불참을 통보해 와서 통역 요원이 15명이나 결원이 생겨 매우 곤란한 상황이 벌어졌다. 당장 저녁이면 외국 선수단이 들어오는데, 날벼락이다. 엄청 난감한 상황이 벌어졌다. 동남아에 생방송으로 중계되는 큰 대회인데….

가능한 통역원들을 확인해보니 모두 어르신들로 남은 통역 요원이 총 6명이다. 나라별로 배정이 부족한 형편이니 대회 진행이 불가능하다. 고민 끝에 허 처장님에게 해결할 방법으로 나라별이 아닌 거점별로 통역 요원들을 운용하면 억지로 대회 진행이 가능할 것 같다고 말했다. 구체적으로 베트남에서 오신 결혼 이민자 한 분은 베트남 팀에 고정이고, 연변 동포는 중국 팀 고정으로 하고, 나머지 4명은 숙소에 1명, 체육관 입구 1명, 체육관 경기장 1명, 본부석 1명으로 거점별로 배정하여 한번 해 보자고 말하니까 허 처장님의 얼굴에 급 화색이 돈다. 영어를 잘하는 협회 김승수 대리는 어디든지 급하면 달려가는 비상 대기조이다.

자칫 대회가 큰 혼란에 빠질 수 있었지만, 거점별로 포인트에 통역원을 배치하여 임기응변으로 슬기롭게 대처한 덕인지 대회는 원만하게 잘 진행되었다. 협회 허 처장님으로부터 특유의 과장된 표현으로 "형님이 구세주!", "형님만 있으면 뭐든지 해결!", "형님이야말로 일당백!"이라고 하면서 소주를 대접받았다. 당연히 뻥이란 걸 알지만 싫지는 않았다.

군산 슈퍼시리즈대회에서 자원봉사를 하러 오신 통역 요원 어르신들은 젊어서 회사의 해외 주재원 경험으로 영어를 잘하셔서 봉사하러 오셨는데, 뒤에 전주 대회까지 같이 하신 분도 계시다. 전주에서 오시는 어르신이 '모주'를 들고 오셔서 맛보라고도 하시고, 결혼 이민자인 베트남 통역은 선수들에게 친언니같이 선수들에게 과일 천국인 베트남에도 없다는 인기 만점인 딸기도 사다 주고, 대형 쇼핑센터에도 데리고 다니면서 전기밥솥, 김 같은 것을 사 주는 등 고국의 선수들에게 너무 친절하게 잘하셨다. 한번은 어린 아들도 데리고 오셨는데 베트남 선수들이 안고 다니면서 예뻐한다. 열심히 해 주셔서 고맙다고 인사하니 본인도 '오랜만에 베트남 말을 실컷 해서 너무 좋다'고도 하셨다. 앞으로 국제 행사 시 통역은 지자체 다문화센터에 문의하면 잘 해결될 듯하다.

콧등치기와 전국체전 금메달 2연패

강원도 강릉 전국체전에서 우리는 세팍타크로 경기가 열리는 횡성에서 목표대로 동메달을 목에 걸었고, 세팍 선수들은 곽 코치와 함께 학교로 향하게 하고 나는 교장 선생님과 정영권 행정 실장님 그리고 문형권 부장님과 함께 우슈·쿵푸 경기가 열리는 정선체육관으로 향했다.

정선에는 처음 가본다. 세팍에서 좋은 성적을 거두어 한결 가벼운 마음으로 정선으로 가다 주위를 보니 단풍으로 온통 불바다이다. 주변 단풍 속에 빠져서 운전하다 사고도 날 뻔했다. 고갯길에서 여유 있게 본격적으로 차를 길가에 세우고 단풍 감상이다. 이렇게 불타는 강원도 단풍을 처음 본다. 이글거리는 용광로 속에 풍덩 빠진 것 같다. 어제는 왜 안 보였을까? 세팍에서 메달을 획득하여 여유가 생기니 비로소 아름다운 단풍이 눈에 들어온다. 온통 빨갛고 노란빛에 눈이 부시다. 감탄사가 저절로 나온다. 온 산이 참 곱다.

우슈·쿵푸 종목을 대략적으로 소개하자면 아시안게임 정식 종목으로서, 상대와 겨루기의 일종인 '산타' 종목과 체조같이 동작을 보고 채점하는 '투로' 종목으로 크게 두 종류로 나뉜다. '산타'는 체급별로 링이 없는 매트 위에서 3회전을 하는데, 1회전이 끝나면 2회전은 다시 0:0에서 시작해서 1회전 받은 점수와 무관하게 채점하며, 타격보다 상대를 바닥에 넘기거나 매트 밖으로 밀어내면 점수를 더 많이 받는다. 경기 중간에 K.O.도 자주 나온다.

세종시 출범 후 전국체육대회 첫 메달이 대구 체전에서 대회 첫날 개회식이 열리기도 전에 산타 종목에서 부강 출신 선수의 동메달 획득이다. 후에 하이텍고 자동차과에 다니는 동생까지 동메달을 목에 걸었다. 부강에 우슈·쿵푸 체육관인 '노형가무술원'이 있어서 어려서부터 개인적으로 운동한 결과 형제가 모두 메달까지 획득한 것이다. 동생 종광이는 학교 성적도 매우 우수한 모범 학생이다.

'투로'는 기계체조와 같이 창, 검, 봉, 맨손 등으로 동작을 표현하여 심사위원들의 평균 점수로 순위를 가린다. 경기는 이틀에 걸쳐서 경연하여 기계체조와 비슷하게 심판원의 채점 평균을 2일간 합산하여 받은 점수로 등위가 나뉘는데 여기에 우리 학교 이한성 선수가 세종시 대표로 출전한다. 한성이는 개인적으로 '박찬대무술원'에서 운동하여 이미 2학년인 작년에 금메달을 획득하여 올해 전국체전 2연패가 매우 유력시되는 훌륭한 선수이다. 정선으로 넘어가는 도중에 첫날 경기가 끝났으며, 역시 예상대로 한성이가 여유 있는 점수 차로 1위를 달리고 있다는 연락을 받았다. 단풍이 더욱 화려하고 아름답다.

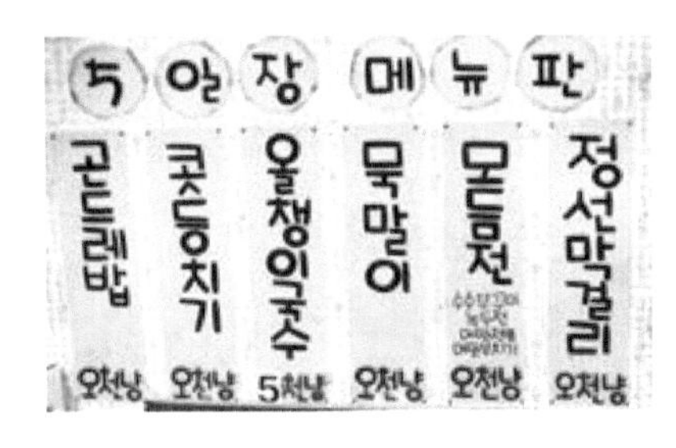

저녁 식사를 위하여 일행이 정선의 전통시장인 아리랑시장에서 지나가면서 보니 묵사발, 더덕구이, 감자전, 곤드레밥, 메밀전병, 옥수수 막걸리 등이 보여서

들어가서 주문하려고 하는데 메뉴판에 콧등치기라는 이상한 음식 이름이 적혀있지 않은가? 묵사발은 알 것 같은데, 궁금한 콧등치기가 도대체 뭐냐고 물어보니 메밀국수가 찰져서 호로록 먹을 때 면발이 콧등을 친다고 해서 붙여진 이름이란다. 별난 이름같이 대단한 것을 기대했는데 겨우 국수라고 하니 웃고 말았다.

먹어 보니 사실 맛은 엄청 훌륭하다고는 못 하겠다. 콧등을 얻어맞지도 않았다. 그래도 첩첩 산골인 하늘만 빼꼼 보이는 깊은 오지에 매스컴의 영향으로 정선아리랑과 5일장, 강원도 옛날 전통음식이 유명해지고 아리랑 시장도 특색있게 단장하여 전국에서 단체로 관광객이 많이 찾아오니 참 다행이다 싶었다.

다음 날 오후에 우리 학교 한성이의 경기 시간에 다 같이 정선체육관으로 향했다. 세종시에서 귀한 금메달 획득을 예상하여 이미 세종시체육회에서 여러 분이 오셔서 관중석에 앉아서 응원하고 있었다. 그런데 우리 학교에 올해 신규 발령된 체육과 이창현 선생님이 멋있는 정장 차림으로 나타난다. 어쩐 일로 새신랑같이 하고 왔느냐고 물으니 내가 세팍타크로 경기할 때 정장을 입고 벤치에 앉아 있는 것을 보고 지도 교사는 정장을 입어야 하는 줄 알고 정장을 준비해 왔단다.

"그래! 이 선생님, 참 잘하셨어!"

본격적인 경연이 시작되었고 우리 한성이는 전날 경기 결과가 1위라서 순서가 맨 마지막이다. 체육관을 반으로 나누어서 한편에서는 산타 경기가 진행되고 있고 옆에서는 투로 경기가 화려한 동작의 열띤 경연으로 이어지고 있다. 점점 한성이 차례가 가까워지고 있는데 3위, 2위로 뒤쫓아 오던 선수들이 욕심으로 실수 연발이다. 채점 결과는 관중석에서 보이지 않지만, 실수를 했다는 것은 우슈 채점에 문외한인 우리가 봐도 알 수 있었다. 불안감이 사라진다.

드디어 한성이 차례, 뒤따라오던 선수들이 실수를 해 주어서 큰 실수를 반복해서 하지 않는 한 금메달이 유력하다. 숨을 죽이고 동작 하나하나에 모두 집중해서 보고 있다. 큰 실수 없이 큰 봉을 가지고 휘두르고, 바닥을 치고, 공중으로 뛰고, 구르고, 찌르고 경연을 현란하고 절도 있게 또 무난하게 잘도 이어 간다. 누가 봐도 단연 최고다.

세종시체육회 김선순 대리님이 핸드폰으로 세종체육지도자 단톡방에 경기가 끝난 후 바로 동영상을 올려서 세종시 체육지도자 모두가 함께 보고 한성이의 금메달을 응원하고 있었다. 참 빠르고 좋은 세상이다. 드디어 마지막 동작이 끝나고 한성이가 손바닥에 주먹을 대고 공손히 인사한다. 관중석에서 모두 일어서 큰 박수를 보낸다. 그리고 누가 먼저라고 할 것도 없이 우리는 서로 축하의 의미로 악수한다. 채점 결과가 나오기도 전에 한성이가 금메달 확정임을 직감한다. 세종특별자치시 출범 후 최초로 고등부 전국체전 2연패라는 역사적인 순간이다. 자랑스러운 우리 학교 학생이다. 앞으로 국가대표도 되고 아시안게임에서도 좋은 성적을 내는 훌륭한 선수가 되길 기대한다.

세종시 고등부 최초 전국체전 2연패 우슈·쿵푸 이한성 선수가 경연 후 인사하러 스탠드로 뛰어 올라왔다. 결과 발표 전인데 여유 있는 표정이다.

전국 체전이 끝난 후 내가 순회 나가는 부강중학교 축제에 한성이를 데리고 가서, 부강중 전교생 앞에서 우슈·쿵푸에 대하여 간단한 소개와 함께 고등부 전국 최고 실력자이고 전국체육대회 2년 연속 금메달을 획득했다는 인사와 박수 속에 멋진 시범을 보였다.

바로 눈앞에서 생전 처음 보는 큰 칼을 가지고 펼쳐지는 화려하고 절도 있는 동작과 큰 기합 소리에 부강중 선생님들과 학생들 전부 입이 쩍 벌어진다. 평소 세팍타크로부에 적극적으로 협조해 주시는 부강중학교 교장 선생님께서 귀하고 좋은 것을 아이들에게 보여 주었다고 매우 고마워하셨으며, 이후 중학교 학생들 데리고 세팍타크로 시합 나오는 데 더더욱 협조해 주셨음은 물론이다.

태국으로 전지훈련 1 – 나콘파톰

세팍타크로인이라면 뗄 수 없는 세팍 종주국 태국으로 전지훈련을 총 3회 다녀온 경험을 자세히 알려서 태국으로 해외 전지훈련에 대해 말하여 앞으로 훈련을 준비하는 다른 팀에게 조금이라도 보탬이 되었으면 한다. 운 좋게도 세 번 모두 갈 때마다 우렁각시처럼 특급 도우미가 나타나서 맞춤식 도움 덕분에 선수들의 큰 어려움이 없이 태국 현지에서 알차게 훈련을 잘 할 수 있었다.

우리 학교가 인천 전국체전에서 은메달을 획득하면서 세종시체육회에서 하이텍고 세팍타크로에 대하여 특별히 생각하는 듯하다. 신생 세종시에서 단체 종목 메달은 귀하고 값진 것이다. 그러면서 다른 학교와 같이 세팍 종주국인 태국에 가서 배워 오고 싶다고 체육회에 건의하였는데, 바로 긍정적으로 지원해 주신다고 답변이 와서 본격적으로 태국 전지훈련에 대하여 여기저기 구체적으로 알아보기 시작하였다. 전지훈련 장소와 훈련 방법, 소요 경비를 매년 태국으로 전지훈련 다니는 김천중앙고의 자문을 구했다. 자세히 알려 주신 박승호 감독님과 윤정우 코치님께 다시 한번 감사드린다.

김천중앙고에서 선수를 지도했던 태국인 코치에게 훈련 장소, 숙소 및 식사와 현지에서 훈련장으로 이동 수단까지 알아보고 부탁하였다. 선수 시절 대표선수로 태국에 여러 번 와 본 곽 코치의 풍부한 경험도 이번 전지훈련 준비와 현지에서 생활, 선수들 훈련에 큰 도움을 주었다. 세종시 체육회에 소요 경비를 요구하기 위하여 현지에서 결재 시스템과 특히 체육회에 정산서를 제출하는 방법과 맞도록 사전에 꼼꼼히 확인하고 준비하였다.

체육회에 훈련계획서를 제출하고 예산을 요구하면서 학교에서 반드시 해야 할 행정 처리를 동시에 진행하였다. 처음 해 보는 것이라서 절차가 하나하나가 복잡하고 부담이 많이 갔다. '이게 맞는 걸까?', '다녀와서 감사에 지적당하면 어쩌지?', '무사히 다녀올 수 있을까?' 걱정이 한가득이다.

행정 처리는 학교에서 먼저 우선 태국으로 해외 전지훈련 찬성 여부 학부형 동의서 받는다고 내부 결재한 뒤 학부형 동의서 받아 놓고, 여권 없는 사람 발급 신청하고, 전지훈련 세부계획 내부 결재를 하고, 서둘러서 임시 학교운영위원회를 개최하여 운영위원회의 심의를 받아서 통과하였다. 모든 서류를 첨부하여 교육청으로 해외 전지훈련 승인요청 공문을 발송하였다. 하나하나 절차를 사전에 구두로 교육청과 체육회 동시에 협의를 해 가면서, 확인 또 확인하면서 행정 절차를 차근차근 추진하였다. 다른 종목에서 해외 전지훈련 중 좋지 않은 일들이 매스컴에 보도되면서, 되도록 해외 전지훈련을 지양하라는 교육청 공문이 온 상태에서의 추진이라서 매우 조심스럽게 진행하였다.

최종적으로 세종시 교육청으로부터 "특히 안전에 유의하고, 소기의 훈련 효과를 높이길 바란다고 하면서 해외 전지훈련을 승인한다"라는 공문이 학교에 도착하였다. 세종시체육회에서 고맙게도 지도자들의 경비도 같이 지원되어서 감독, 코치는 여비 없는 출장 처리를 하였다.

체육회에서 요구하는 경비 지출 정산서를 처리하는 방법대로 비행기 표는 국적기 왕복으로 우리나라에서 바로 구입하여 영수증을 첨부하고, 나머지 현지에서 소요 경비 및 인천공항까지 교통비는 선수들에게 개인별 지급하는 것으로 하며, 태국 밧트로 결재된 것이라도 현지 영수증 발행이 가능한 것은 최대한 모두 첨부하고, 선수들의 훈련 계획서와 실시한 훈련 일지를 제출해야만 했다. 훈련하는 모습의 사진을 많이 첨부해서 제출하도록 요구받았다. 세종시체육회에서 우리가 요청한 경비를 모두 지원해 주셔서 학교나 학부모의 부담이 전혀 없이 마침내 우리 학교도 세팍타크로 종주국인 태국으로 전지훈련을 가게 되었다.

이렇게 하여 방콕에서 북쪽으로 1시간 거리의 나콘파톰시 큰 체육관에서 그곳 체육학교 세팍타크로 선수들과 같이 2주 동안 합동훈련을 하게 되었다. 머무는 호텔의 가격은 우리나라 모텔보다 저렴하지만, 매우 훌륭하였고, 식사는 아침은 호텔 조식으로 하였으며 점심과 저녁은 주로 근처 '로터스'라는 대형마트의 푸드코트에서 입에 맞는 것으로 각자 주문해서 먹었다. 식권을 사면 푸드코트 내의 여러 가지 음식 중에서 사진과 가격표를 보고 골라서 주문해 먹는 식이었다.

볶음밥을 취향에 따라 닭고기, 소고기, 생선, 돼지고기 중에 원하는 대로 만들어 주고, 달걀오믈렛도 양파, 당근, 고추, 고기, 향신료 등 원하는 것을 고르면 넣어서 즉석에서 요리해 주었다. 쌀국수도 먹을 만했으며 튀김이나 고기 종류도 아이들이 좋아하는 메뉴였다.

태국에 여러 번 와 본 경험이 있는 곽 코치의 조언과 선수들이 이것저것 먹어 본 결과 입에 맞는 것을 서로 추천하면서 주문하여 먹었는데, 식사 2가지에 음료수 1잔이면 100바트 정도로 우리 돈 3,500원 정도면 충분히 한 끼 식사가 해결되었다. 가끔은 햄버거도 먹고 가지고 간 고추장을 넣고 비벼 먹거나 컵라면이나 3분자장·카레와 통조림김치 등으로 해결하기도 하면서 음식에 대하여 큰 불편 없이 모두 들 골고루 잘 먹었다.

현지에서 이동은 고맙게도 나콘파톰 체육학교의 벤을 우리 팀에 전속으로 붙여 주셔서 숙소에서 훈련장으로 이동하는 데 불편함이 전혀 없었다. 수완나폼 공항에 도착하면서부터 훈련장, 숙소, 식당, 휴일의 여행, 태국을 출국할 때 공항까지 차질 없이 우리 팀의 전용 이동 수단이 되어 주어서 매우 편리하였다. 현지에서 식사, 통신, 물, 간식, 과일, 유류비, 선물, 세탁, 체육관 사용료, 먹을 얼음 준비 등 이것저것 신경 쓸 일이 엄청 많았다. 선수들의 여권과 귀중품은 분실되지 않도록 첫날 태국 공항을 나서면서 모두 모아서 내가 숄더백에 넣어 자나 깨나 항상 몸에 지니고 다녔다. 다행히 김천중앙고가 매년 훈련을 오는 곳이라서 수월하게 진행이 된 것 같다.

이 모든 것을 곽 코치가 영수증 챙기면서 현지 지도자와 연락하면서, 선수단 숙식 해결하고 또 훈련 일지와 훈련 모습 사진 찍으면서 복잡한 모든 것을 꼼꼼히 처리하였다. 출발 준비에서부터 할 일이 참 많이 있고, 현지에서 선수 관리 및 훈련 지도와 돌아와서 정산까지 곽 코치가 신경을 많이 쓰고 수고하였다.

훈련은 이렇게 하였다. 나콘파톰 체육학교 세팍타크로 팀과 보조를 맞추면서 무리하지 않도록 조심스럽게 하였다. 더운 나라여서 체력 소모가 많아 조금씩 새벽, 오전, 오후로 나누어서 에어컨이 있는 나콘파톰의 크고 좋은 체육관에서 훈련을 하였다. 새벽 운동은 05:30~07:00까지 현지 학생들과 똑같이 체력훈련을 위주로 하는데 새벽 운동에도 모두 땀이 흠뻑 젖는다. 오전 운동은 현지 학생 선수들은 수업 들어가고 우리끼리 훈련하는데, 태국 보조 학생 3명이 도와주면서 태국인 코치가 우리 선수들을 기본 기술 위주로 개별지도를 해 주었다. 말이 통하지 않지만, 시범을 보이면서 따라 하도록 하여 잘 배울 수 있었다.

점심 식사 후 한참 더운 오후 4시까지 휴식을 취하고 나서 오후 훈련은 현지 선수들과 합동훈련을 하였는데, 주로 게임을 위주로 하였다. 김천중앙고가 매년 전지훈련을 이곳으로 오기 위하여 체육관 안에 숙소를 장만해 놓은 것을 부럽게 보았다. 저렴한 경비로 좋은 여건에서 동계 훈련을 이곳에서 할 수 있도록 침대, 에어컨 등 세팅이 되어 있었는데, 안타깝게도 학교 관리자께서 공문에 있는 그대로 해외 전지훈련을 반대하셔서 오지 못하고 있으니, 관리자의 의지가 얼마나 중요한지 알 수 있는 대목이다.

나콘파톰 체육관은 세팍타크로 프로 경기가 열리며, 에어컨이 들어오는 대형 체육관이다. 주말에 태국 전역으로 중계되는 프로 경기를 우리 선수들과 참관할 기회가 있었는데 인천 아시안게임에서 보았던 태국 국가대표 2명이 반갑게 인사를 한다. 태국에서는 학생 선수가 학년별로 전국대회를 개최하는데, 최우수 선수에게는 부상으로 승용차가 주어진다고 한다. 나콘파톰 체육학교가 고1 부문에서 우승하여 승용차를 받은 학생이 있다고도 하였다.

태국 세팍타크로 프로 경기가 열리는 시설 좋은 나콘파톰 체육관.

태국의 중3이나 고1 선수들과 경기해도 우리가 지는 경우가 거의 대부분이었다. 부럽도록 많은 선수가 번갈아 서로 들어와서 우리의 상대가 되어 주었다. 어린 중학생들의 롤링 공격이 핑핑 돌아가고, 볼 컨트롤은 또 얼마나 좋은지 모두 피더, 모두 킬러, 모두 태콩이다. 당장 우리 팀으로 한두 명 데리고 오고 싶은 마음이 굴뚝같다. 우리 선수들과 태국 선수들이 섞어서도 게임을 하면서 바로 친해지고, 점차 우리 아이들이 이곳 훈련에 적응을 한다. 단기간에 실력이 눈에 띄게 좋아지진 않지만, 오늘의 이 경험이 앞으로 선수 생활을 하면서 언젠가는 분명 큰 보탬을 줄 것이라 확신한다.

새벽 훈련

오전 훈련

그리고 훈련이 전부는 아니라고 생각이 들어 태국에 온 김에 휴일을 이용하여 비용은 개인이 부담하여 방콕의 수상가옥, 보트 투어, 왕궁, 코끼리 체험, 지옥의 철길, 콰이강의 다리, 타이 마사지, 똠얌꿍, 생선구이 같은 태국 전통음식도 먹어 보고 망고, 두리안 등 우리나라에서 귀한 이상하게 생기고 이름도 모르는 여러 가지 열대 과일을 실컷 먹어 보도록 하였다.

아찔한 지옥의 철길, 유명한 영화 콰이강의 다리를 건너서 보트 투어도 하고. 단체로 마사지도 받아 보고,
태국 특식도 먹어 보고, 방콕 왕궁에도 가 보고….

태국으로 전지훈련 2 - 파타야

여름방학에 들어서면서 세종시체육회로부터 연락이 왔다. 체육회에 전지훈련 명목의 예산이 남아 있으니 팀에서 필요하면 요구하란다. 해외로 전지훈련도 가능하냐고 문의하니 가능하다는 연락이 와서 이번에는 한여름에 더운 나라로 전지훈련을 하게 생겼다. 보내 준다는데 안 간다고 하면 바보 아닌가? 하이텍고 세팍타크로가 남달리 좋은 성적도 내지만 특별히 신경 써 주시는 세종시체육회에 진심으로 감사드리고, 이것이 계속 좋은 성적을 내는 원동력이 되고 있다.

사실 전국체전을 앞두고 여름방학 중 훈련은 매우 조심스럽고 중요한 시기이다. 어린 학생들이 기후나 음식, 훈련 여건 등 우리와 차이가 많은 다른 나라에서 훈련을 하는 것은 어쩌면 커다란 모험이다. 교장 선생님께 말씀드리니, 선수들이 가서 보는 것만으로도 보탬이 될 테니까 좋은 기회에 얼른 가 보라고 쾌히 허락하신다.

한번 경험해 봐서 모든 준비가 일사천리로 빠르게 진행되었다. 이번에는 장소를 태국 해군 팀이 훈련하고 있는 파타야로 정했다. 기간도 10일 정도로 훈련 효과를 보기에는 다소 짧은 기간이다. 현지에서 태권도를 지도하시면서 선교 활동을 하고 계시는 목사님과 연락이 되어서 숙소, 훈련

상대 및 장소, 선수단 이동까지 모든 것을 목사님의 도움으로 불편 없이 해결하였다. 전국체전을 앞두고 있고 우리 수준도 어느 정도 안정되어 있어 메달을 목표로 하기에 주로 연습 경기를 많이 하도록 계획을 잡고 또 그렇게 훈련을 하였다.

더운 날씨를 생각하여 단체복을 여러 벌 준비하여 이동할 때는 항시 통일된 복장을 하고 다니도록 하였다. 태국 정상권의 해군 팀과 같이 훈련하면서 기본기를 배우고, 시합하고 또 시합하고, 우리나라에서 지도자 생활을 해서 안면이 있는 태국 세팍의 영웅 폼섭 코치가 지도하고 있는 해군 팀과 같이 훈련하면서 기본기를 배우고, 인근의 고등학교 팀들과 수시로 연습 경기도 하면서 알찬 훈련을 하였다.

폼섭 코치는 해군 중령이란다. 그러면서 태국에서 우리나라의 차범근 같은 존재이다. 여긴 군인과 경찰의 파워가 막강하다. 길에서 경찰이 곤봉으로 시민을 두들겨 패는 것도 보았다. 해군 중령이 도와주면 우리가 훈련하는 데 아무런 제약을 받지 않는다고 목사님이 오히려 든든해하셨다.

태권도 사범이신 목사님이 파타야 시청에 연락하셔서 친분이 두터운 시청 체육 담당자가 관심을 가지고 나오셔서 현지 고등학교 팀 1학년과 경기하는 것을 보았는데, 마침 우리가 이기는 것을 보시고 파타야 시장님께 보고되어 예정에도 없는 파타야 시청으로 선수단이 초대되었다. 시장님의 갑작스러운 출장으로 파타야 부시장님께 멀리서 귀한 손님이 오셨다고 반갑게 차를 대접받았다.

한국에서 상위권 고등학교 세팍타크로 팀이 종주국 태국으로 배우러 왔으니 반갑기도 하고, 거기에다 세팍타크로를 잘하여 태국 팀을 이긴다니 기특(?)하기도 하여 현지 언론에도 관심을 가지고 파타야 지역 신문에 보도되기도 하였다. 우리나라로 태권도 훈련하러 온 태국 선수가 태권도를 잘한다면 오히려 기분이 좋을 것 같다.

부시장님께서 특히 태국 학생보다 유난히 키가 큰 우리 학교 태콩 찬송이에 대하여 부러워하고 칭찬을 많이 하시면서 몇 년 뒤에는 태국이 한국에게 질 거 같다고 덕담도 하시고, 기회가 되면 파타야시에서 도와줄 테니 꼭 다시 훈련 오라고 당부도 하셨다.

해군팀이 훈련하는 체육관인데 시멘트 바닥에 에어컨도 없고 체육관 안으로 비둘기가 날아다니고 훈련 여건이 실력에 비하여 좀 열악하다.

오후에 파타야 촌부리에 있는 명문 사립학교 팀과 연습 경기가 예정되어 있었는데 마침 한국에서 우리 학교 교장 선생님이 격려차 도착하셨다. 여긴 교장 선생님에 대한 예우가 우리나라보다 대단히 각별하다.

군수나 경찰서장과 같은 레벨로 예우해 준단다. 선생님께 회초리로 맞는 것에 누구든 이의를 달지 않고, 학생에 대한 모든 사항은 교장 선생님이 결정하면 끝이란다. 스승의 날에는 학생이 선생님 앞에 무릎 꿇고 회

초리를 전달하는 풍습이 있단다. 선생님 지시에 절대복종이라니, 교사로서 여기 선생님들이 약간 부럽다. ㅎㅎ

한국에서 교장 선생님이 오신다고 하여 경기장 옆 바닥에 푹신한 소파와 앞 테이블 위에 꽃으로 장식까지 하고, 여러 가지 얼음 음료와 다과에 선풍기까지 각별히 신경 쓴 흔적이 보인다.

태국 전통 복장을 하신 여자 선생님이 연신 시원한 음료수로 바꿔 주신다. 이 학교 교장 선생님과 파타야 시청 체육 담당자, 우리 학교 교장 선생님과 감독인 내가 과분한 대접을 받으면서 나란히 앉아 대한민국과 태국의 국가대항전(?) 고등부 경기를 보았다. 경기장 주변으로 학교 학생들이 빼곡히 가득가득 모여들었고 주·부심 공인 심판도 초대하여 한-태 국가대항전을 펼쳤다.

우리나라에선 아마도 교육감님이 학교에 오셔도 이런 예우를 받지 못할 것 같다. 학생들의 밝은 표정과 우리나라에 대한 호감, 남다른 질서 의식은 참 보기 좋았다.

목사님에게 불교 국가에서 기독교 선교 활동이 어렵지 않냐고 물어보니 어려움이 전혀 없다고 하신다. 타 종교에 배타적이지 않아서 커다란 이슬람 사원도 시내 한가운데에 있었다. 태국인은 심성이 모두 착하고, 남의 물건을 훔치면 나쁜 악귀가 따라 들어 온다고 믿기 때문에 남의 물건에 손을 대지 않고, 하루에 한 가지 이상 착한 일을 하려고 노력한다. 일례로 길가에 돌아다니는 개나 고양이와 새에게 먹이도 늘 주고, 길에서 자동차 경적을 울리는 소리를 듣지 못하였고, 날씨가 1년 내내 씨 뿌리고 수확하니 쪼들리거나 급한 것이 없는 태국 사람들이다.

연습 경기가 끝났는데 순간 눈앞에서 깜짝 놀랄 모습들이 전개되었다. 갑자기 우리 선수들에게 어린 학생들이 사인(Sign)해 달라고 벌떼같이 몰려들어 우리 선수들을 에워싼다. 아니, 세상에! 유명 연예인에게 볼법한 장면이 우리 선수들에게 일어나다니…. 특히 주몽이가 어린 학생들에게 인기가 유난히 좋았다. 우리 팀이 먼 곳에 와서 이렇게 인기가 좋으니 교장 선생님도 싱글벙글하시다. 선수들에게 사인도 다 해 주고 같이 사진도 찍고 친절하게 대해 주라고 하고는 뒤에서 매우 흡족하게 이 장면을 바라보았다. 우리 선수들이 언제 어디서 또 이런 인기를 누릴까?

기분이 좋으신 교장 선생님이 목사님께 부탁하여 저녁 식사에 해군 팀의 지도자들과 우리 일행을 파타야 고급 식당으로 안내하였다. 태국에서 상류층 신분의 부자들은 상상 이상의 저택에서 호화로운 생활을 누리며 산단다. 나도 태국의 큰 부자처럼 살고 싶다. ㅎㅎ

상류층만 온다는 식당에서 처음 먹어 보는 여러 가지 음식을 주문하여 골고루 먹어 보았다. 선수들에게 수고한다고 격려하시면서 큰돈을 사비로 결재하신다. 이재규 교장 선생님, 감사합니다!

휴일에 황금 부처, 파타야 해변, 워터파크 놀이공원에 가기도 하였으며, 유명한 레이디 보이 알카자 쇼도 보고, 저녁에 야시장에서 전통음식도 이것저것 먹어 보았다. 우리나라 관광객이 주로 온다는 삼겹살 무한 리필 한식당에도 가 보았는데, 고깃값은 저렴하지만 소주 한 병에 우리 돈으로 1만 원이다. 돌아가면 비싼 소주 싼값에 많이 먹어야겠다.

왕자님이 바위산에 효심과 불심으로 폭 1m로 파서 순금으로 새긴 황금 부처. 입장료도 없는 유명 관광지라서 단체 관광의 필수 코스다. 야간에는 군인들이 실탄을 휴대하고 지킨다고 한다.

농눅 빌리지에서 잘 가꾸어진 정원의 여러 가지 나무와 고급 자동차, 전통무용 등을 보았는데, 근로자 임금이 태국인보다 반값 정도로 저렴한 미얀마 사람들이 정원에서 냄새나고 힘든 일을 다 한단다. 미얀마인은 태국으로, 태국인은 우리나라로 돈 벌러 오고 우리나라 사람들은 더 선진국으로 돈 벌러 가고…. 어째 좀 느낌이 씁쓸하다. 이를 보면 나라가 잘 살아야 백성들이 편안한 법이다.

이곳에서 세계적으로 유명한 코끼리 쇼를 보면서 우리 선수들이 평생 잊지 못할 체험을 하였다. 훈련이 아주 잘 된 불쌍한 코끼리가 펼치는 농구 축구 등 여러 가지 기계적인 쇼를 보면서 박수를 보내기보다는 조련사들의 손에 든 갈고리 모양의 쇠몽둥이가 마음이 아팠다.

쇼의 마지막 순서로 누워있는 사람 위를 코끼리가 지나가는 짜릿한 경험인데 수백 명의 관객 중에 선착순으로 몇 명만 선발하여 체험 기회를 준다고 하였다. 이곳에 자주 오신 목사님의 신호로 우리 선수들이 잽싸게 뛰어나가 빨간 티를 입은 우리 선수들 5명이 선발되어 떨어져서 누워 있었는데, 그 위로 육중한 코끼리들이 밟는 척하며 넘어갔다. 마지막에는 지나가는 코끼리가 전봇대 같은 발로 우리 선수의 중요 부위를 톡 톡 건들고 넘어가서 관객들의 웃음을 자아내기도 하였다.

숙소로 오는 길에 코끼리 트래킹을 하는 곳으로 들러 코끼리를 타고나서 코코넛을 들고 줄줄 흘리면서 맛있게 마셨다. 출구에서 어느새 찍었는지 우리가 코끼리를 타고 있는 큰 사진을 200바트씩에 판매한다. 목사님이 한참을 유창한 태국어로 흥정하여 50바트에 구입하였다. 세상에~

입장료가 비싼 워터파크에서 물놀이와 야간시장 모습. 여러 가지 즉석 요리들을 맛보았다. 주말에만 서는 파타야 야시장인데 가격이 저렴하여 관광객이나 주민들로 붐볐다. 기념품은 냉장고에 붙이는 자석이나 열쇠고리, 말린 과일이나 과일 모양 비누, 공예품, 과일 젤리 등 저렴하고 태국 냄새나는 것을 추천하는데 야시장에서 구입하는 것이 종류도 다양하고 가격이 제일 저렴하였다.

태국으로 전지훈련 3 - 방콕

정년퇴직을 1년 남겨둔 상태에서 세팍타크로 감독을 젊은 선생님에게 넘겨주었다. 마지막 1년은 부담감 없이 지내려고 마음먹었다. 내가 처음 감독이 되어서 시합 가면 망신만 당할 때를 뒤돌아보고, 반면에 올해는 팀의 수준도 상위권으로 선수들이 좋을 때 넘겨주는 것이 도리 같기도 하였다. 그렇지만 후배 체육 교사가 학생부장이라서 바쁜 줄 알면서도 내가 떠나면 해야 할 감독을 내가 있을 때 1년 앞당겨서 해 보라고 하면서 미안하지만 반강제적으로 감독직을 넘겼다.

아버지뻘인 대선배가 하라고 하니 차마 거절도 못 하고, 학생들의 사건 사고가 많아서 다른 학교보다 엄청 바쁜 학생부장을 하면서도 세팍 감독까지 맡아서 해 주신 김동건 선생님에게 늘 신세를 지고 있는 마음으로 1년을 보냈다.

정년 마지막 2달을 앞둔 1월 초에 세종시체육회에서 해외 전지훈련을 보내 준다고 연락이 왔는데, 급하게 서둘러도 2월이 돼서야 해외 전지훈련이 가능한 촉박한 시간이었다. 그런데 김 선생님이 매우 난감해한다. 이유는 첫아이 출산 예정일이 1달 정도 남긴 상태인데, 어떤 일이 벌어질지 모르는 비상대기 상태에서 보름 동안 남편이 곁에 없으면 출산 준비

등 서로 걱정이 이만저만이 아닐 것이다. 순간 내가 젊었을 때 운동부 때문에 우리 아이들 출산할 때 곁에서 도와주지 못하여 평생 죄를 짓고 살고 있는데, 1년 동안 김 선생님에게 미안함을 갚을 요량으로 그러면 내가 애들 인솔하여 다녀오겠다고 하니 김 선생님이 엄청 좋아하신다.

마침 우리 둘째 딸의 둘째 아이 출산도 얼마 남지 않았는데, 사위가 장기간 곁에 없다면 나도 좀 불안해할 것이라는 마음도 들어서 마지막으로 좋은 일 하기로 마음먹었다. 모든 행정 처리는 김 선생님이 전에 내가 한 것을 보면서 빈틈없이 다 해 주었다.

이번에는 청주 시청에서 선수 생활을 할 때 우리 학교에서 함께 훈련하였고, 지금은 은퇴하여 태국에서 사업을 하고 있고, 나와도 안면이 있으면서 곽 코치와 국가대표로 운동을 함께 한 멋쟁이 김민호 선수가 요술램프가 되어 필요시 나타나서 여러 가지로 큰 도움을 주었다. 세팍타크로 선수 출신이지만 태국어도 매우 유창하게 구사하고 사업도 잘하여 태국에서 자리 잡고 여유 있는 생활을 하는 것을 보면, 어느 곳에서 어떠한 일을 하든지 운동을 하듯 열심히 하면 성공한다는 것을 김민호 선수가 후배들에게 보여 주는 산 증인이다. 김민호 선수에게 감사하고 사업 번창을 기원한다.

태국 전지훈련이 세 번째로, 가는 장소는 방콕 변두리에 있는 수완크랍 왕립학교이다. 수완크랍 학교는 학생 수가 중·고생 합하여 2,000명이 넘고 태국에 4개 있는 왕립학교 중 하나이며 태국에서 전통 있는 유명한 학교라서 지원이나 시설도 남다르고 일반 학생들이 오고 싶어 하는 명문 학교란다. 고등학교 세팍타크로선수는 45명으로 실력은 태국 정상급이다.

고맙게도 학교 미니 스쿨버스 1대를 기사 포함하여 우리 팀에 전용으로 배정해 주셔서 모든 이용을 너무 편리하게 할 수 있었다. 수완크랍 감독님과 코치님이 우리 아이들의 기본기를 세밀하게 지도해 주시고 잘하는 아이들과 함께 운동하면서 우리 선수들이 기술적으로 많이 보고 느끼고 아주 좋은 경험을 하였다.

학교에서 노대섭 부장님이 격려차 오신다고 하여서 태국인들이 좋아한다는 인삼차나 인삼주를 선물하려고, 인삼이 들어 있는 인삼주 좀 구해오라고 카톡으로는 보냈는데, 노 부장님이 금산까지 가서 포장도 품위 있고 술병 속에 인삼이 보이는 것으로, G20 정상회의 때 만찬주로 쓰였다는 문구가 선명한 인삼주를 구해 오셨다.

한국에서 교감 선생님이 오셨다고 인사하면서 스완크랍 교장 선생님께 인삼주를 선물하였는데 감격해하셨고, 이후 우리 훈련에 더더욱 적극적으로 협조해 주심은 물론이고 특별식을 대접받기도 하였으며 초대하면 한국에 꼭 오겠다고 말씀하셨다. 앞으로 태국에 오실 분들에게 선물로 요놈을 강추하오니 참고하시길 바란다.

코치와 1학년이 시합가서 없는데도 선수들이 부럽도록 참 많다

훈련은 우리 학교 선수들이 신입생이 3명 포함되어 기본기 위주의 동계 훈련을 한다고 생각하여 이 학교 학생들과 함께 오전, 오후 합동훈련으로 진행하였다. 우리 아이들이 많이 보고, 좋은 경험을 하였으며 알찬 동계 훈련을 더운 태국에서 잘 하였다. 이곳 선수들과 섞어서 재미있는 게임도 하면서 기본기를 자연스레 익혀가는 효과 있는 훈련이었으며, 휴일에는 이곳 역사와 문화를 알 수 있는 주변 관광지 투어도 하였다.

나는 정년 퇴임을 며칠 남겨두지 않은 상태라서 노심초사 전지훈련이 탈 없이 무사히 지나가길 빌면서 선수들과 호흡을 같이 하였는데, 하루하루가 참 길다. 세 번째 인솔이니 숙박과 식사 그리고 이동과 훈련이 척척 잘도 돌아간다.

손잡고 하는 시합인데 공이 오는 방향으로 동시에 움직이는 훈련

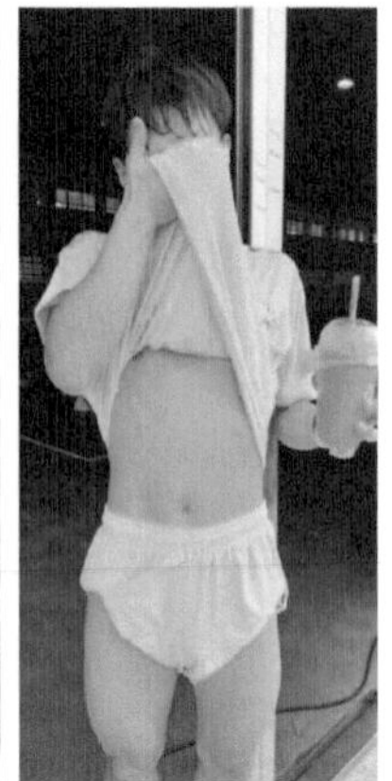

땀 뚝 뚝!, 덥다, 더워!

이 학교 전교생의 아침 조회 시간에 우리 학교 선수들을 소개하는 색다른 시간을 가졌다. 2,000여 명의 학생들이 시멘트 바닥에 줄 맞추어 나란히 앉아 있고 그 앞에서 우리 일행에게 학교 이름이 쓰인 기다란 행운의 타올을 목에 걸어주면서 환영의 의식을 하였다. 감독인 내가 선수단 대표로 학생들 앞에서 인사하라고 하기에 마이크 앞에 섰다.

순간 애들에게 한국말로 인사를 알려주고 싶어서 "안녕하세요?"라고 큰 소리로 말하고 양손을 귀에다 대는 시늉을 하니 바로 반응이 온다. 학생들이 "안녕하세요?" 합창으로 대답한다. 다시 또 큰소리로 인사하니 떠나갈 듯 큰소리로 "안녕하세요?"가 폭발적으로 울려 퍼진다. 누구나 해외에 나가면 모두 애국자라고 하더니만, 여기서 내가 태국에 와서 이곳 학생들에게 우리나라 인사말을 가르칠 줄은 꿈에도 상상하지 못했다. ㅎㅎ

반갑고 세팍을 배우러 왔다고 인사하고 여러분들도 배울 때 열심히 하고, 기회가 되면 한국으로도 오라고 간단간단하게 얘기하면 잘생긴 김민호 선수가 즉시 태국어로 전달한다. 태국 학생들이 예의 바르고 질서도 잘 지키는 훌륭한 학생들 같다고 칭찬을 해 주었다. 수많은 태국 학생들 앞에서 우리 말로 인사하게 되어 기분이 뿌듯하다. 현지 아이들이 태국보다 선진국인 우리나라를 동경하고 한류 드라마를 보고 케이팝의 인기로 우리나라에 대하여 호감을 많이 가지고 있는 것 같았다.

이곳은 중·고등학교가 같이 하나의 학교이다.
2,000여 명의 질서 있는 학생들 앞에서 인사하면서 "안녕하세요?"를 가르쳤다.

평소 습관대로 여기에 와서도 새벽에 일찍 일어난다. 그리곤 혼자서 동네를 크게 한 바퀴 돌아와 선수들과 호텔 조식으로 아침 식사를 한다. 아침 산책을 하면서 핸드폰으로 사진을 찍어서 단체 카톡방에 올렸는데, 매일 나름대로 한 가지 주제를 가지고 사진을 찍어서 올리고, 사진을 같이 보면서 느낀 점을 이야기해 주면서 같이 아침 식사를 하였다. 하루는 자동차만 찍었고, 하루는 무수히 보이는 개와 고양이, 어떤 날은 꽃, 어떤 날은 건물의 모습, 사원 풍경, 광고 간판, 도로와 가로등, 오토바이 장사, 탁발하는 스님, 상점 등…. 길에서 만나는 현대자동차가 반가웠고 간판에 박지성 선수 사진도 새로웠으며, 새벽에 갓 들어온 단단한 망고가 너무나 저렴해서 양손 무겁게 사 오기도 하였다.

새벽 공양. 다른 스님들은 바구니 같은 곳에 음식을 받고 기도해 주시는데,
이 스님은 리어카로 유난히 많은 양의 음식을 받으셨다.

우연히 이 학교의 학생들 졸업식 모습을 보게 되었다. 우리와 전혀 다른 졸업식 모습을 보고 느낀 점이 많이 있다. 체육관 옆에서 졸업식 며칠 전부터 학생 5명이 건물 벽 전체를 가릴 만한 크기의 커다란 걸개에 그리고 색칠하느라고 바쁘다. 건물 아래 그늘에서는 3명의 여학생 손목에 실로 팔찌를 만드느라 종일 앉아 있다. 명랑한 여학생이 행운의 실 팔찌를 내 손목에도 해 주었다. 운동장에 학교 마크를 크게 그리고 포인트를 박아 놓는다. 교문에서 학교 건물까지 나무에 여러 가지 크리스마스트리 같은 장식을 한다. 졸업식이 엄숙하면서 졸업생을 축하해 주는 전통적으로 내려오는 큰 행사이다.

여기서 졸업식 행사 중 참으로 놀라운 광경을 목격하였다. 재학생들이 운동장에 그려진 큰 학교 모표 모양대로 두 줄로 서고, 그 사이로 실내에서 졸업식이 끝난 졸업생들이 통과하는 장면이었다. 이 학교만의 오랜 전통이라는데, 모든 것을 재학생들이 졸업생을 위하여 준비하고 진행하고 참가하였다. 34도 무더위 햇볕이 그야말로 쨍쨍 내리쬐는 운동장에 똑같은 교복을 입은 어린 학생들이 박수 치며 서 있는 사이로 졸업생들이 지나가는 행사인데, 놀랍게도 2시간이 넘도록 모양이 전혀 흩어지지 않고 그대로 서 있는 것이 아닌가?

더군다나 아무리 찾아보아도 운동장에 선생님이 단 한 명도 없다. 우리나라에서 만일 이렇게 한다면 어떤 모습이 벌어질까 상상하니, 이곳 어린 학생들의 특수부대 군인 같은 놀라운 질서 의식에 새삼 소름이 돋는다. 이것이 다른 나라의 수없이 많은 침략에도 역사적으로 한 번도 외국의 지배를 받지 않고 태국을 지켜온 힘이 아닐까 생각해 본다.

한나절 동안 졸업식 행사를 마치고 자랑스러운 학교 어깨띠를 두른 졸업생들을 가족들이 축하해 주고 꽃다발과 부자 되라고 가짜 돈으로 된 목걸이를 하고 기념사진 찍고 참 행복한 날이다.

이번 전지훈련 중에는 휴일이 2번 있어서 여러 유적지와 수산시장, 코끼리 트래킹 등 많은 곳을 돌아보면서 태국의 문화를 골고루 체험하였다. 지금이나 이전 파타야 전지훈련에서도 우리 아이들이 여전히 유명 연예인 같은 대단한 인기가 있었다.

말년 병장의 하루 같은 태국에서 훈련 중에 막내의 학위 수여식이 하필 이때 있었다. 자식 자랑하면 팔불출이라고 하지만 누구보다 자랑스러운 막내아들이다. 이제 겨우 스물일곱의 나이에 카이스트에서 박사 학위를 받고 보람 있는 직장의 정규직 선임 연구원으로 당당히 합격하여 병역까지 필하고 3월부터 근무 예정이다. 어쩌다 얼굴이라도 보면 힘든 생활이 너무 안쓰럽다. 무인도에서 몇 년 산 모습이다.

과학고 2년 졸업, 카이스트 석·박사 5년에 마침, 연구원으로 4주 기초훈련으로 병역을 필하였으니 대략 계산하여도 정상적인 일반인보다는 최소 3년 이상 빠른 취업이다. 논산 훈련소 훈련받는 4주가 최고 편안한 휴가였다고 말하는 것을 보면 평소 하는 연구가 얼마나 힘이 드는지 대략 짐작해 볼 일이다. 힘들게 공부하여 영광스러운 학위를 받는 자리에 아빠가 없으니 나는 끝까지 빵점이다.

어디를 가든 우리 선수들이 인기 폭발이다.

현지 선수들과 섞어서 하는 쿼드 경기인데 뒤 벽에 보이는 블로킹 연습용 마네킹이 이채롭다.
세 명이 서 있는 등 블로커, 크게 만든 1인 발 블로커를 나무로 만들어서 바퀴를 달았다.

3

숨 막히는 경기
그 현장 속의 감독

세종아이텍고

체육진흥공단

오더 용지

옥천고등학교에서 배구부 지도 교사로 있으면서 시합하러 갈 때마다 오더 용지를 학교에서 워드로 미리 작성하여 가지고 다녔다. 배번이 바뀌지도 않고, 경기 진행 순서에 따라 경기 날짜와 순서도 정해진 거고, 선발 멤버도 바뀔 것이 없는데, 경기 전에 급하게 많은 선수의 오더 용지를 기록하다가 자칫 틀리면 낭패다. 바로 선수를 교체하든지 아니면 그 세트를 잘못된 그대로 마쳐야 한다.

배구는 경기 전에 내는 오더 용지가 두 장이다. 하나는 선수 리스트이고, 또 하나는 세트마다 포지션 위치의 동그라미에 배번을 적어서 낸다. 그래서 포지션에 따라 여러 장을 준비해서 다이어리에 꽂아서 항시 제출 준비 끝이다. 배구 감독할 때와 마찬가지로 세팍타크로 감독이 되어서도 시합에 가면서 오더 용지를 경기 순서대로 결승전까지 학교에서 미리 작성하여 출력 후 감독 사인을 하고 코치에게 주면서 매번 똑같은 말을 한다.

"오더 용지 주는 거 남겨오지 말고 모두 내고 오자고!"

방송에 오더지 제출하라고 독촉하면 신경 쓰일 것 같아서 오전 경기 오더지 제출하면서 오후 경기 오더 용지도 경기에 임박해서 내는 것보다 오전에 미리 내 버리라고도 했다. 협회에서 말하길 "오더 용지를 워드로 깔끔하게 내는 팀을 처음 보았다"라고 한다. 경기 직전에 펜으로 급하게 적다 보면 이름을 잘 알아보지 못하게 흘려서 쓰는 경우도 있는데, 기록지를 정리하기가 너무 좋다고 다른 팀들도 좀 배웠으면 좋겠다고 고마워한다.

오더 용지를 자세히 보면 수정해야 할 곳이 보인다. 후보 선수 표시는 중복이고 주장 표시도 이상하고 경기 시간과 경기 장소를 넣어서 영어로 된 것을 그대로 쓰지 말고 우리가 만들었으면 좋겠다.

감독 2년 차에 경북 영천에서 열리는 시합에 참가하여 대회 전날 선수들과 점심식사를 하는데, 마침 옆 테이블에서 심판부장님 일행이 식사를 하고 계셔서 인사를 드리고 평소 심판에게 아쉬운 점을 몇 가지 질문 인지, 건의를 한다는 것이 불만을 이야기한 것 같이 나도 모르게 말이 튀어나오고 말았다.

코트 매트도 라인 밖 3m까지 되어 있지 않은데 잘못된 것이 아닌가? 상대를 향하여 약 올리듯 하는 파이팅은 보기 싫고 규칙에도 퇴장인데 왜 그냥 두는 것인가? 심판의 콜이 14와 40도 구별하지 못하는가?

다소 언짢은 표정을 하면서 허허 웃으면서 "태국에서도 다 그렇게 합니다!"라고 한마디로 내 이야기를 일축한다. 기분이 영 찝찝하다. 국제심판이고 협회 심판부장인데 초보 감독한테 한마디 들었으니 불쾌하였던지, 바로 그날 저녁에 대표자 회의를 하면서 정○○ 심판부장에게 많은 사람 앞에서 뒤통수를 호되게 얻어맞고 말았다. 심판부장으로부터 여러 가지 유의할 사항을 전달하는 중에 나를 콕 지명하면서 질문한다.

"세종 감독님! 오더 용지는 언제 제출합니까?"

"경기 1시간 전 아닌가요?"

"그런 규정이 어디에 있습니까?"

"글쎄요. 어디서 본 것 같은데…."

오더 용지를 경기 전 1시간 30분 전에 제출해 달라고 강력하게 말한다. 이것은 규칙집 어디에도 없는데 자기가 만들었다고 자랑하듯이 힘주어 말하는데, 나를 향해 까불지 말라는 듯이 들렸으며 매우 불쾌하였다. 세팍은 심판부장 마음대로 규칙을 만들 수 있는 것인지? 그리고 어디에도 없는 것을 알면서 여러 사람 앞에서 왜 하필 세종 감독을 의도적으로 지명해서 나한테 질문하는 저의는 도대체 뭐야? 동네 망신당한 기분에 얼굴이 후끈거린다. 어랍쇼! 점심때 내가 한 말이 기분 나빴다 이거지? 숙소에 돌아와서 규칙집과 다른 규정까지 아무리 한참을 찾아봐도 오더 용지를 언제 제출하는지 찾지 못하였다. 자존심이 상해서 잠이 오지 않는다. 밤새 그 생각뿐이다. 당장 전화해서 따지려고 몇 번이고 망설이다가, "그래! 내가 참자!" 하고 마음을 바꿨다.

다음 날 아침에도 참 찝찝하다. 심판부장 얼굴 볼 생각에 시합이고 뭐고 체육관에 나가기가 영 싫다. 그런데 경기 시간에 맞추어 체육관으로 가는 중에 번쩍 생각이 났다. 오더 용지에는 경기 1시간 전에 제출해야 한다고 적혀 있지 않았나? 부리나케 협회 운영실로 들어가서 오더 용지를 보니 바로 거기, 오른쪽 아랫부분 직사각형 박스 안에 영어로 분명히 경기 1시간 전에 제출해야 한다고 쓰여 있었다. 세상에! 이렇게 반가울 수가…. 붉은 펜으로 이곳에 동그라미를 크게 그려서 본부석으로 올라가 정○○ 심판부장에게 보여주면서 당당하게 말했다.

"오더 용지는 1시간 전에 제출해야 한다고 여기에 적혀 있네요!"

어제 전국의 지도자들 앞에서 나를 개망신시키고, 또 반드시 1시간 30

분 전에 제출하라고 큰소리쳤는데, 지금은 뭐 씹은 표정이다. ㅎㅎ

뒤통수 얻어맞은 것을 시원하게 한 대 되돌려 먹이고 본부석을 내려왔다. 이 오더 용지를 크게 확대 복사해서 체육관 입구에 붙여놓으려고 하다가 또 참았다. 심판부장 망신시켜서 좋을 일 있나? 참는 자에게 복이 온다고 했으니….

그런데, 오후에 경기장 본부석에 준비되어있는 오더 용지를 보고 실소를 금치 못했다. 모든 오더 용지의 오른쪽 아랫부분 사각형이 화이트로 똑같이 하얗게 지워져 있었다.

"……?"

감독 3년째에 감격적인 3위 입상

세팍타크로부 감독이 되어서 3년째 되던 해에 학교명도 부강공업고등학교에서 세종하이텍고등학교로 바뀌면서 학과 개편도 하고 기숙사도 신축하는 등 세종시 유일의 특성화고등학교로서 매년 새롭게 학교가 변화하면서 세팍타크로 코치가 또 바뀌었다.

전영만 코치님이 힘들게 고생만 하고 보람을 못 느끼던 차에 실업 팀 선수로 오라는 제의를 받고 학교를 떠나게 되었다. 하긴 적은 월급에 1년씩 계약직으로 신분 보장도 안 되고, 선수도 부족하여 재미와 보람을 전혀 느끼지 못하였는데, 하이텍고 코치보다 좋은 조건으로 가신다니 서운하지만 잡을 수 없는 노릇이다. 감독 3년 차인데 코치가 김영환 코치, 전영만 코치, 곽영덕 코치까지 3명째이다. 거의 최저임금 수준의 적은 월급에 전문 기술을 지도하는 마땅한 코치를 찾기가 정말 어려워 청주 시청 김종흔 감독님께 신신당부하여 앞으로 길게 같이하고 세종시 세팍을 이끌어갈 책임감 있는 사람으로 새로운 코치를 추천해 달라고 부탁하였다.

세 번째 만난 코치는 가까운 신탄진 출신 곽영덕 코치가 오랜 선수 생활을 마감하고 지도자로서는 처음으로 선수들을 코치하게 되었다. 12년간의 국가대표 선수 생활과 아시안게임 금메달까지 있는 화려한 입상 경력을 가지신 기대되는 분이다. 나도 지도자 3년 차라서 나름 아는 세팍인이 늘어났고, 이들에게 곽영덕 코치의 좋은 점을 많이 들을 수 있었다. 한마디로 좋지 않은 평이 전혀 없는 성실하고 모범적인 훌륭한 선수였다고 모두 이야기해 주었다.

서당 개 3년이면 어쩐다고, 세팍타크로가 어느 정도 이해가 되어 가고 있고 선수 확보에도 길을 터놓은 상태이다. 부강중학교와 협조도 잘 되고 있고, 특히 외지에서 세팍타크로를 해 보고 싶다고 희망하여 오는 중학교 학생들도 학교 기숙사에서 함께 생활할 수 있도록 하여 야간운동 시에는 중·고등학생 선수가 10명 이상이 같이 연습하여 체육관이 선수들로 꽉 차서 운동하는 것을 보면 매우 든든하였다.

여전히 하위권에서 맴도는 수준이지만 이제 선수들이 어느 정도 포지션별로 구색을 갖추는 팀이 되었다. 홍성구 교장 선생님이 부임하면서 운동하는데 애로사항이 없도록 모든 일을 긍정적으로 필요한 사항들을 적극적으로 해결해 주셨다. 정영권 행정 실장님도 체육관 바닥을 깎아 내고 도색하여 마루가 새것같이 밝게 되었고, 조명도 LED로 바꾸어 시합장 같은 환한 분위기를 내었고, 노후된 커튼도 고가의 내화 암막 커튼으로 교체되어 체육관이 칙칙한 분위기에서 밝은 모습으로 완전히 바뀌었다. 그뿐 아니라 교장 선생님과 행정 실장님이 대회 때마다 먼 시합장까지 꼭 오셔서 격려해 주셨다. 그리곤 드디어 순창대회에서 열린 제24회 전국세팍타크로 선수권대회에서 처음 3위에 입상하였다. 감격적이었다.

힘들게 입상하고 상장과 아담한 트로피를 받아들고 작년에 집으로 선수들 데리러 다니고 기본기부터 지도해 주시느라 고생하시다가 다시 선수로 복귀하신 전영만 전 코치님께도 감사 인사를 시켰다. 참으로 어렵고 애타게 해 보려던 힘든 3위 입상이다. 그런데 입상한 선수들에게 입상 메달이 없이 아담한 트로피에 꼴랑 상장 종이 1장이라서, 이후 협회에 메달 수여를 여러 차례 건의하였고, 그 결과 몇 년 후부터 지금까지 케이스가 있는 품위 있는 상장과 입상 메달 수여가 당연시 되었다. 메달 받은 세팍 선수들아, 나한테 고마워할지어다!

학교 측의 넉넉한 뒷바라지와 함께 수시로 찾아가도 연습 경기를 늘 허락해 주신 삽교고등학교와 김천중앙고등학교 덕으로 기량도 조금씩 좋아져서 이제 3위에 입상까지 하면서 이제 중위권 팀으로 올라섰다. 청주 시청과 함께하는 합동 훈련도 실력 향상에 빼놓을 수 없는 큰 장점이었다. 김종흔 감독님도 자기 선수들같이 여기고 코트 안에서 기본기를 하나하나 시범을 보여가며 지도해 주셨다. 세팍에 대한 자부심과 열정이 대단하신 분이다.

인구 20만도 안되는 신생 세종시에서 전국 규모 대회에 3위 입상이라니 모두 축하해 주시고, 특히 교장 선생님께서 초빙 교장으로 오셔서 처음 입상하니 너무 좋아하셨고, 더욱더 세팍타크로부에 관심을 가지시고 팀에서 하고자 하는 전지훈련이나 용품 구입 등 단 한 번도 반대한 적이 없으셨고 오히려 더 필요한 것이 없느냐고 하실 정도였다.

지역 언론사 여러 곳에서 3위 입상이 보도되어 학교 및 세팍타크로 홍보가 많이 되었다. 이후 다른 팀들이 부러워할 정도로 넉넉한 훈련 용품이 지원되고, 기숙사 운영 규정을 수정하여 필요시 타교 학생들도 본교 기숙사를 공식적으로 이용할 수 있도록 하였다. 부족한 학교 운영비 속에서도 운동 시 강당의 냉, 난방에 아무런 제약을 하지 않았다. 그리고 전국체전 경기장 사전 적응 훈련 실시, 세팍 종주국인 태국으로 해외 전지훈련 등으로 이때부터 세종하이텍고 세팍타크로 팀이 전국 상위권으로 도약할 수 있는 계기가 되었다.

감독 3년 째에 감격적인 3위에 처음 입상하였다

경기 장면과 홍성구 교장선생님

충청권 세팍타크로대회도 합시다

영호남 친선 세팍타크로대회가 매년 마산에서 열린다는 이야기를 듣고 충청권에서도 한번 친선대회를 해 보자는 생각이 들어 지도자들에게 의향을 물어보니 모두 찬성이었다.

우선 세종시 체육회에 취지를 설명하고 최소한으로 소요 경비를 지원 요청하였더니, 지원이 가능하다고 하여 충청권 세팍타크로대회가 최초로 추진되었다. 훈련 겸 친선을 목적으로 시기는 2월 중에 기간은 2일 정도로 장소는 세종하이텍고 강당에서 하고, 참가 대상은 충남, 충북, 대전, 세종의 충청권에 소속된 고등부, 대학부, 일반부, 남녀 혼성 총 8팀이다. 경기 방식은 참가 팀 지도자들이 협의하여 코트 2곳에서 계속 게임을 하면서 소기의 훈련 효과를 높이고자 하였다. 세종시협회장 명의로 해당 팀에게 공문을 발송하고, 참가 여부를 확인하고, 경비 지출 및 정산까지 신임 곽영덕 전무이사가 고생하셨다.

세종시 체육회에서 지원된 예산 범위 내에서 진행하였는데, 별도 시상식은 없이 참가선수 전원에게 2일간 점심이 제공되었으며, 친선대회 현수막을 강당 앞과 입구에 걸어 제법 그럴듯한 모양새를 갖추었다. 떡방앗간을 운영하는 하성이네 집에서 간식으로 맛있는 떡을 준비해 주셨고, 세종시협회 노창현 회장님께서 참가한 임원들에게 푸짐한 만찬을 제공해 주셨다. 여자 팀과 남자 팀이 같이 게임도 하면서 뜻깊은 행사를 성황리에 마쳤다.

특히 고등부는 대학 팀이나 실업 팀과 같이 게임 하면서 선배들에게 한 수 배울 수 있는 아주 좋은 기회가 되었다. 중앙 협회에서 관심을 가지고 이처럼 지방 대회가 활성화되도록 하면 여러모로 세팍타크로가 발전되리라는 생각이 든다. 그리고 이후 공주대학교, 보은자영고, 보은정보고는 서운하게도 역사 속의 팀이 되었다.

매년 실시하지는 못했어도 충남, 충북, 대전에서 바통을 이어받아 주관하여 각 지역에서 1회씩, 총 4회 충청권 친선대회가 개최되었으며, 아쉽게도 계속 이어서 열리지 못하고 있다. 언젠가 다시 충청권대회가 부활하길 기대해 본다. 그러나 대전 목원대학교에서 오 회장님과 옥 교수님, 이민 코치님의 열의로 세팍타크로 활성화를 위한 여러 가지 행사를 스토브

리그, 동아리 대회, 바운스 타크로 등으로 한발 발전시켜 획기적인 행사로 변하여 오늘날까지 이어지고 있어 참으로 다행스럽고 노고에 박수를 보낸다.

처음 해 본 충청권 친선 세팍나크로대회

세종시세팍협회 시작을 함께해 주신 노창현 초대 회장님 김봉주 부회장님 대단히 감사합니다. 공주대학교 황호영 교수님, 보은정보고 유석윤 감독님, 서천여고 양용모 감독님, 보은자영고 박나연 코치님, 서천여고 김동춘 코치님 수고 많으셨습니다. 그립습니다.

2015년 서천에서 열린 제3회 충청권 친선 세팍타크로대회

황홀한 대진표

팀을 맡은 지 3년째로 접어들었다. 선수도 채워지고 안정적인 여건에서 곽영덕 코치의 세밀한 지도가 이어지면서 팀의 수준이 3위에 처음으로 입상도 하고 이제는 전국 중위권에 올라와 있는 상태인데, 올해는 인천에서 전국체육대회가 열린다. 우리가 이길 수 있는 팀을 헤아려 보니 절반 정도는 해 볼 만하다는 생각이 들었다.

전국체전은 토너먼트로 진행되어 대진운이 절대적으로 크게 작용하는데, 혹시 운이 따라 준다면 동메달도 가능하겠다는 혼자만의 생각이 들어서, 체전 경기장도 미리 가서 익히고 겸사겸사 여름방학 전지훈련 장소를 인천 청라고등학교로 정하고 훈련 후 마지막 날에 같이 가서 전국체전 대진 추첨을 하고 내려오는 인천으로의 전지훈련 일정을 잡았다. 그 후에 체전 경기장인 서운고등학교 체육관도 미리 밟아보고 연습 경기 위주의 전지훈련을 성공적으로 마치고 긴장되는 마음으로 전국체전 대진 추첨 장소인 인천체육관으로 향했다.

선수들과 함께 스탠드에 나란히 앉아서 대진 추첨하는 상황을 모두가 조마조마하는 심정으로 지켜보았다. 관중석에서도 체전 대진 추첨 진행

상황을 멀리서도 잘 보이도록 대형 화면에 띄워 주어서 한 명, 한 명이 추첨할 때마다 바로 알 수 있었고 함성과 탄식이 여기저기서 울려 퍼진다. 두근두근 떨리는 심정으로 제발 피했으면 하는 팀들이 알아듣고 신기하게도 반대편으로 간다. "우리는 요기로 가면 된다"라고 하는 순간 바람 그대로 추첨이 이루어졌다.

대진 추첨 결과가 그야말로 환상적이다. 원하는 최고의 시나리오가 그려졌다. 올해 우리가 한 번도 이겨보지 못한 경기, 부산, 경북과 힘든 대구까지 모두 반대편에 넘어가 있다. 1차전을 우리보다 한 수 아래인 전남 목포공고를 이기면 우리와 비슷한 수준의 충남 삽교고등학교가 부전승으로 올라와 기다리고 있는데 충남을 이기면 동메달이다. 게다가 준결승에서 만나게 될 팀이 어느 팀이 올라와도 충남 삽교보다 더 약하다. 우리가 원하는 대로 나온, 그야말로 하늘이 도와서 결승까지도 갈 수 있는 길이 보였다.

두 번째 경기인 8강전에서 만나는 충남만 이기면 4강전은 오히려 더 쉽다. 야호! 이런 크나큰 행운이 우리한테 오다니!

준비는 철저히

이제부터 충남 삽교고등학교를 이기기 위한 훈련이다. 시합 때마다 캠코더를 들고 다니면서 우리의 경기를 촬영하고, 필요시 영상을 기숙사 휴게실의 큰 TV로 코치와 선수들이 같이 보면서 위치나 자세 등을 교정하기도 하고, 상대편에 대하여 전력을 세밀히 분석하기도 한다. 때로는 핸드폰에 저장해 놓고 수시로 보게도 하였다.

삽교고등학교는 우리 학교에서 가장 가까운 곳에 있는 팀이고 실력도 우리보다 좋아서 2년 동안 수시로 찾아가서 많이 배웠다. 상대편에 대해서 서로 속속들이 너무 잘 알고 있다. 서브가 휘어져 들어오고 서브 방향이 우리 킬러 쪽이다. 우리 팀 중에서 리시브가 가장 불안한 선수가 킬러이다. 재형이의 집중적인 리시브 특별 훈련이다. 지겹도록 반복 훈련이 이어졌다. 재미도 없고 이마가 엄청 아팠을 것이다. 그런데도 재형이가 묵묵히 잘 따라 주었다. 삽교고에서 리시브가 가장 약한 오른쪽을 공략하는 서브 훈련이 반복되었다. 강하지 않아도 좋다. 의자를 오른쪽에 뒤에 놓고 목적타 서브 훈련이다.

운동 경력이 1년도 채 안 된 재환이가 집중력이 좋아서 서브도 원하는 곳으로 곧잘 보낸다. 우리 팀에서 그래도 믿는 곳은 주장인 피더 3학년 정만이뿐이다. 왼손잡이라서 양발을 모두 잘 사용하고 운동 경력도 팀에서 제일 많아 리시브와 세팅 모두 가장 안정된 실력을 갖추고 있다. 상대편 두 명이 등으로 블로킹 들어온다. 태권도 발차기 훈련에 쓰이는 두툼한 사각형 스펀지 매트로 블로킹 마네킹을 대신하여 공격을 차단하면서 이를 피하는 훈련을 반복하였다.

이동식 탁구대도 브록커로 대신하기도 하였다. 탁구대 맞고 코트 밖으로 튀겨 나가도록 방향을 크게 틀어서 공격하도록 훈련하였다. 두 명이 등 블로킹 들어와도 부담 갖지 않고 탭이나 직선 방향 또는 타점을 높여서 뒤를 보고 공격하고, 대각선 방향은 블로킹에 걸려도 바운드가 코트 밖으로 나가도록 각도를 많이 주어 차도록 하였다.

피더인 정만이에게는 세팅하는 척하면서 기습적으로 뒤편 코너 빈자리로 2단으로 넘기는 연습을 반복시켰다. 등 블로킹 맞고 우리 코트에 떨어진다고 예상하여 자동적으로 커버 들어가는 훈련을 반복 또 반복하고, 상대의 탭은 절대로 놓치면 안 된다고 정만이에게 항시 탭에 대비하는 습관을 갖도록 하였다. 이러한 삽교 대비 맞춤 개인훈련은 주로 야간에 집중적으로 실시하였다.

그리고 마지막 마무리 훈련은 전국체전 경기장인 서운고 체육관과 구조가 비슷한 김천중앙고 체육관에서 하였는데, 고맙게도 우리는 토요일까지 전지훈련 계획이고 우승을 목표로 하는 김천중앙고가 대학 팀과 연습 경기를 하러 금요일에 떠나면서 체육관 키를 주고 가셔서 맘 편히 토요일까지 마무리 훈련을 마칠 수 있었다. 박승호 감독님 고맙습니다.

훈련을 마치고 학교로 돌아오면서 선수단 모두 김천의 고찰 직지사에 들러 소원을 들어준다는 대웅전 앞 달마대사 동상의 배꼽을 만지면서 무사히 그리고 제발 결승까지 가게 해 달라고 소원을 빌고, 유명한 직지사 대추차를 마시며 최선을 다하자고 다짐하였다.

시합은 입으로 하는 거다

결전의 장소 인천에 경기 3일 전에 도착하고 숙소를 경기장에서 가장 가까운 카리스호텔로 정하였다. 물론 부족한 경비는 학교 자체 예산으로 보충하였다. 교장 선생님의 전폭적인 믿음과 지원이 있기에 가능한 일이다. 세종시의 개회식 참가인원이 부족하다고 하여 시합은 다음이고 우선 선수들과 개회식에 세종특별자치시 단복을 입고 개회식에 참석하여 멀리서나마 박근혜 대통령을 볼 수 있었고 대통령의 축사는 역시 다른 사람들의 축사와 다름을 느꼈다.

철저한 보안 검색을 실감하였다. 공항에서와같이 금속 탐지기도 통과하고 순간 넓은 운동장이 핸드폰이 사진은 찍히지만, 통화가 전부 먹통이 된다.

드디어 첫 경기 전남 목포공고이다. 신생 세종시에서 체전 참가 선수가 얼마 안 되고 고등부 단체 종목이 세팍타크로가 유일하고 또 이길 가능성이 있다고 하니까 세종시체육회나 교육청에서 많이들 오셔서 체육관 2층 좁은 관람석이 세종시 응원단으로 메워졌다.

그런데 경기가 시작되자 예상치 못한 상황으로 내용으로 경기가 전개되었다. 선수들이 긴장하여 실수가 이어진다. 쉬운 공인데도 리시브가 엉뚱한 곳으로 가고, 공격에 힘이 들어가 아웃 날리고, 서브는 네트에 꼬라박고…. 아니 이럴 수가! 한 수 아래인 목포공고에 끌려다니니 당황하여 선수들 얼굴이 하얗게 변하고 몸이 굳어져 실수 연발로 결국 첫 세트를 어이없이 내주고 말았다. 2세트 들어가기 전에 선수들을 바닥에 편히 앉히고 안심시켰다. 너무 잘하려고 하지 말고, 실수 없이 볼 아끼고 안전하게 처리하기를 신신당부하였다.

"리시브 집중하고, 서브도 공격도 찬스 볼로 넘겨도 좋으니 절대 실수하지 말자! 만약 실수해도 바로 잊어버리고 즉시 준비하고! 파이팅 크게 하자!"

손을 모아 '세종 파이팅!'을 크게 외치고 2세트에 들어갔다. 안전한 경기 운영으로 약간씩 앞서나가니까 목포공고에서 실수가 이어지고, 평소 하던 서브와 좋은 리시브, 자신 있는 공격이 연달아 성공하면서 아주 쉽게 2세트를 이기고, 그대로 나머지 세트로 밀고 나가 여유 있는 점수 차로 4세트까지 이겨서 마침내 3:1로 이겼다.

아찔한 순간이 지나갔다. 그렇게 이기고 체육관 밖에 나와서 모두 허탈한 웃음이 나왔다. 방심은 금물이다. 특히 체전에서는 더욱 이변이 많이 일어날 수 있다는 것을 실감했다.

다음날 8강전 충남 삽교고등학교와 경기다. 이 어려운 관문만 통과하면 동메달을 확보하고 은메달까지도 가능하여 이 한 경기 만을 심혈을 기울여 대비하였다. 역시 삽교고등학교도 우리를 너무 잘 알고 있고 준비를 많이 하였을 것이다.

"시합은 입으로 하는 거다! 멋있게 잘하려고 하지 말고 연습같이만 해라!"

어느 경기보다 서로 긴장 속에서 경기가 시작되었다. 그런데 처음부터 우리가 앞서나가면서 그대로 쭉~ 의외로 너무 쉽게 경기를 이겨 버렸다.

우리가 잘해서가 아니고 평소보다 삽교의 실수가 많이 나온 것이 일방적으로 경기를 이길 수 있었다. 삽교가 첫날 우리가 목포공고와 첫 세트에 완전히 헤매고 정신 못 차린 경기를 한 것과 똑같이 많은 실수를 해 주어서 쉽게 이겼다. 원인을 생각해 보면 삽교는 1차전이 부전승 이어서 이 체육관에서 처음 경기를 하지만 우리는 이미 여기서 목포와 1차전에서 어려운 경기를 한 경험이 있다. 그리고 이 경기에서 이기고자 하는 의욕과 압박감에 우리보다 더욱 긴장하여 실수가 연속되는 반면, 우리는 앞서나가니까 리시브 실수가 줄고 자신 있는 공격과 서브로 큰 위기 없이 여유 있게 이길 수가 있었다. 정신이 멍하다. 다행히도 어려운 관문을 의외로 예상보다 쉽게 지나갔다.

역사적인 은메달

큰 산을 하나 넘었고 준결승 상대는 서울 성수공고인데 우리가 쉽게 이겨왔던 팀이다. 선수들에게 긴장을 풀지 말고 계속 집중하여 경기하도록 다잡아 놓고 선수들 앞에서는 좋아도 좋은 표정을 하지 않았다. 역시 가까운 서울에서 온 성수공고의 많은 응원 앞에서 부담이 되었는지 실수가 많이 나와서 셋째 세트를 내주었지만, 이내 평정심을 되찾아 3:1로 이기고, 결승전은 경기도 풍무고에게 예상대로 패하였지만 감격적인 은메달을 목에 걸 수 있었다.

순간 추운 겨울날의 동계 훈련부터 무더위 속에 땀 흘려 훈련한 선수들이 고마워 모두 안아 주었고, 지도자로서 하이텍고에서 첫발을 내디디고 선수들과 매일 밤늦게까지 동고동락한 곽영덕 코치한테도 수고와 고마움의 뜨거운 포옹을 하였다. 그래! 이 순간을 위해서, 이 맛을 보려고 그렇게 어렵고 힘든 훈련을 하는 거다. 이 짜릿한 성취감은 느껴보지 못한 사람은 모른다.

체육 교사로 32년 동안 12종목을 지도하였고 입상도 많이 해 보았지만, 전국체전에서의 메달획득은 처음이다. 그리고 세종특별자치시 출범 후 전국체육대회 역사적인 고등부 단체 종목 첫 번째 메달이다. 교장 선생님께 선수들과 하루 더 쉬고 내려가겠다고 허락을 얻었다. 기분이 좋으신 교장 선생님께서 선수들에게 마음껏 쉬게 해 주고, 추가 경비는 내려와서 얼마든지 청구하라고 말씀하신다.

풍무고와 결승전 경기 모습

이제까지 교장 선생님이 전폭적인 지원을 해 주셔서 오늘의 결과가 나온 것이다. 대진 운도 당연히 교장 선생님 몫이다. 홍성구 교장 선생님 너무너무 감사합니다.

선수들과 저녁에 소고기 파티를 하고, 다음날 강화도로 들어가 섬을 한 바퀴 돌고, 배를 타고 석모도로 또 들어가 소원을 들어준다는 눈썹바위까지 올라가서 시원한 바다를 보면서 그간의 피로를 풀었다.

세종시 여기저기에 현수막이 많이도 걸렸다. 세종하이텍고 세팍타크로부가 세종시에서 일약 영웅이 되었다. 은메달 획득으로 인하여 세종시체육회와 세종시교육청으로부터 선수들이 많은 액수의 포상금을 받았고, 세팍 본고장인 태국으로 전지훈련도 보내 주셨으며, 체육관 조명을 LED로 밝게 바꾸어 주었고, 노후된 커튼도 불연 암막 커튼으로 교체되고, 이후 세종하이텍고 세팍타크로가 매년 전국 상위권을 유지하고 있는 결정적인 계기가 되었다.

세종하이텍고 세팍타크로부 제94회 전국체육대회 '은메달'

충청인 **기사 입력** 2013/10/25 [11:49]

[세종=뉴스충청인] 세종하이텍고등학교(교장 홍성구) 세팍타크로부가 지난 10월18일부터 21일까지 인천 서운고등학교 체육관에서 개최된 제94회 전국체육대회에서 은메달을 차지하는 영광을 안았다.

전국의 시, 도 대표 팀들이 참가한 가운데 세종특별자치시 대표로 출전한 세종하이텍고 선수들은 1회전에 전라남도 목포공고를 3:1로 누르고 8강에 올라 당초 백중세를 예상한 전통의 강호 충남 삽교고를 3:0으로 가볍게 이겨 동메달을 확보하여 세종시 출범 이후 고등부 단체 종목 첫 메달의 역사를 이루었다.

이어 벌어진 준결승전에서 서울 성수공고를 맞아 1, 2세트를 이기고, 3세트를 11:15로 내주었으나 멀리 체육관을 찾아와 응원한 전우홍 세종시교육감 직무대행, 정상용 세종시체육회 사무처장을 비롯한 세종하이텍고 교장 이하 교직원들과 선수 가족 등 많은 세종시 응원단의 열띤 응원을 등에 업고 김정만 선수의 재치 있는 경기 운영과 김제형 선수의 과감한 공격, 김제환 선수의 서브 에이스가 이어지면서 4세트를 15:8로 쉽게 마무리하여 대망의 결승에 올랐다.

결승전 상대로 올해 전국대회 2관왕에 오른 전국 최강 팀 경기도 풍무고등학교를 맞아 5명의 선수가 혼신의 힘을 다하였으나 한 수 위의 기량을 보인 풍무고의 벽을 넘지 못하고 0:3으로 패하여 은메달에 만족해야 했다.

세종하이텍고 세팍타크로 팀의 쾌거는 주장인 김정만(3학년) 선수의 안정적인 수비와 볼배급, 김제환(3학년) 선수의 강력한 서브, 김제형(2학년), 강용수(1학년), 김이진(1학년) 선수의 공격기량이 많이 향상된 결과이다. 또한 지난여름 폭염에도 굴하지 않고 열정적으로 훈련에 임한 모든 선수와 백봉현 감독과 국가대표 출신 곽영덕 코치의 상대를 철저히 분석한 과학적이고 애정 어린 지도가 혼연일체된 결과로 여겨진다.

우째 이런 일이

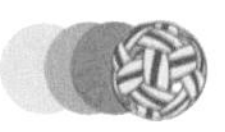

온 나라가 '메르스'로 난리다. 연일 속보로 확진자가 보도되고, 격리되는 지역도 여러 곳 나오고 모든 행사가 올 스톱된 가운데 모든 세팍 시합도 무기한 연기되었다. 점차 메르스가 잡혀가고 모처럼 7월 말경에 드디어 순창에서 처음으로 회장기 세팍타크로대회가 열리게 되었는데, 순창에서도 확진자가 나타나서 한 마을 전체가 폐쇄되었던 곳이다. 이동 통제로 지역 경제가 마비되었다가 처음 전국 규모 대회가 열리면서 순창이 다시 살아나길 조심스럽게 기대하면서 말 그대로 큰 돌림병 괴질을 치른 후라서 더욱 살얼음판 걷듯이 회장기 세팍타크로대회가 개최되었다.

학교에선 선생님들이 보통 한 학기를 마치고 방학에 들어가면서 직원들의 단합과 한 학기의 마무리, 다음 학기 준비를 위한 장외 연수를 실시한다. 마침 순창 대회 기간과 우리 학교 직원 연수 예정 일자와 같아서 담당 선생님께 연수 장소로 시원한 순창의 강천산을 추천하였고, 잠시 우리 학교 세팍타크로 경기 시간에 체육관에 들러서 경기 관전 및 응원으로 직원 단합을 위한 시간을 갖는 하이텍고 직원 연수가 협의하여 결정되어서 처음으로 학교 전 직원이 세팍 경기장에 오시게 되었다. 아마도 세팍타크로 역사상 학교 전 직원이 경기장에 오는 것이 처음이 아닐까?

연수 날이 가까워 지면서 하이텍고 세팍타크로부는 새로 생긴 더블에서 오랜만에 우승을 차지하여 학교로 승전보를 날렸고, 레구 준결승 하는 날이 선생님들이 순창에 오시는 날이다. 우리의 준결승 상대는 대구 대원고등학교인데 해 볼 만하다. 이길 수 있다. 전 직원이 우리 학교가 결승에 올라가는 모습을 보고 단합된 마음으로 즐겁게 연수를 진행할 거고, 세팍타크로부에 관하여 앞으로 협조도 더욱 잘 되리라 내심 기대하였다.

더블 이벤트 전 세트 다 이기고 우승! 이 3명이 중학교 때부터 연습한 선수들이다.
그런데 이 때까지만 좋았다.

그러나 갑자기 생각지 못한 대형 돌발 변수가 나타났다. 선수들이 어제 저녁에 먹은 음식 중에 이상이 생겨서 밤새 설사와 복통으로 3명이 날밤을 새우고 병원 응급실에 가서 수액을 맞았지만, 여전히 혼수상태이다. 꽃게탕이 말썽을 일으킨 것 같다. 꽃게를 많이 먹은 성호와 하성이가 특히 증상이 심하여 몸을 가누기도 힘들어 병원에서 누워 있고, 꽃게를 조금 먹은 다른 애들은 다행히도 한두 번 설사로 가라앉았다. 이곳 식당에서 식사한 다른 두 팀도 난리인데 모두 예선 탈락하여 빠르게 귀향하였으며 우리는 준결승을 앞둔 상태이고, 경기 시간에 맞추어 우리 학교 교직원들 모두 체육관에 도착할 계획이다. 보통 난감한 일이 아니다.

시합보다도 상태가 몹시 안 좋은 2명이 걱정이다. 평소 식당 사장님이 아이들이 좋아하는 반찬으로 신경을 써 주시고 맘 편히 양껏 먹도록 인심 좋게 해 주셨는데 이런 일이 생전 처음이라고 어쩔 줄 모르고 미안해하신다. 순창군청과 순창보건소에서 나와서 식당을 발칵 뒤집어 놓았고 세팍협회에서 응급 진료비를 지원해 주셨지만, 성호와 하성이는 상태가 금방 좋아질 것 같이 보이질 않는다.

아침 일찍 교장 선생님께 보고드렸다. 그리고 자초지종을 관광버스에서 직원들과 함께 내려오고 계시는 선생님들에게도 미리 상황을 말씀드렸다. 다시 교장 선생님께 도저히 정상적인 시합을 할 수 없는 난감한 상태임을 말씀드렸더니, 시합은 어쩔 수 없는 일이고 더블에서 우승을 한 것으로 만족이라고 하시고 아픈 애들을 걱정하시면서 오히려 위로해 주신다. 죄송하고 감사할 따름이다. 가는 날이 장날이라고 하더니, 하필 전 직원 앞에서 이제까지 전국 구석구석 시합 다녀도 한 번도 일어나지 않았던 대형 사고가 일어났다. 우째 이런 일이…. ㅠㅠ

경기 시간에 맞게 선생님들을 태운 관광버스가 체육관 앞에 도착하였다. 버스에서 내리시면서 한결같이 애들은 좀 어떠냐고 걱정이시다. 병원에서 데려오긴 했는데 시합은 도저히 못 뛸 거 같다고 말씀드리는데, 너무나 미안하고 속상하다. 일부러 세팍 경기 보려고 먼 길 오셨는데 좋은 모습 보여드리지 못하게 된 것이 모두 내 잘못인 것 같다. 그래, 모두가 감독인 내 책임이지!

대원고와 준결승 경기는 신입생들이 들어가서 맥없이 지고 나왔다. 경기에 진 것보다 벤치에 고개도 들 힘이 없는지 창백한 모습으로 앉아 있기도 힘들어 보이는 성호와 하성이를 보니 안쓰럽고 가슴이 아프다. 정영권 행정 실장님이 더블 우승기를 들고 잘했다고 하시면서, 선수들과 단체 사진 찍으시면서 분위기를 살려보려고 애쓰신다. 억지로 웃으면서 가을에 전국체전에는 잘하겠노라고 다짐하고 약속하였다. 선생님들이 강천산으로 출발하셨는데, 영 미안해서 발걸음이 떨어지질 않는다.

얼른 순창 장아찌를 몇 개 준비해서 선생님들이 계신 강천산으로 찾아갔다. 다행히도 강천산 산행은 좋았다고 하셔서 추천한 사람으로서 불안감은 좀 사라지고 버스에 올라 마이크를 잡고, 고맙고 죄송하다는 인사를 드렸다. 내 가족에게 주려고 모둠 장아찌를 몇 개 준비했는데, 평상시 나에게 형님이라고 하는 동생에게 준다고 하면서 호명하면서 몇 명을 주다가, "학교에 남동생은 많은데 여동생이 없다"라고 하니까 차 안이 떠나가도록 떼창이 울려 퍼진다. "오빠!", "오빠!", "오빠!" 장아찌를 더 많이 준비하지 못해서 미안할 따름이다.

더블에서 우승하고 레구에서 3위 하였으니 이만하면 잘했다. 미래의 우리 학교 선수인 부강중학교도 더블, 레구 우승으로 보도자료에 동반 우승이란 제목을 달아 교육청에 보도자료를 보냈더니 여러 곳에서 보도되어 부강중에서도 얼떨떨할 정도로 고마워하였다.

그리고 성호와 하성이는 학교에 돌아와서도 식중독과 장염을 치료하느라 청주에 있는 병원에서 입원까지 하면서 방학 내내 운동은 고사하고 1

달 정도 제대로 먹지도 못하고 심하게 고생하였다. 선수들을 지도하면서 겪은 가장 안타까운 사건이었다. 간신히 몸 만들어 전국체전에 임하였고 어렵게 동메달을 차지하였는데 노심초사 갓난아기들을 데리고 걸음마를 하는 심정으로 준비하여 얻은 금메달 못지않은 값진 동메달이었다. 이 사건 후부터 대회에 참가해서는 해산물은 절대로 먹이지 않는 불문율이 생겼다.

전 직원의 성원으로 세종하이텍고 세팍이 학교를 빛내고 있다.
체육관 앞에서 직원들과 함께 웃고 있지만 웃는 것이 아니다.

한산모시 배 친선 세팍타크로대회

세팍에 대단히 열성적인 서천여고 양 감독님께 따뜻한 서천에서 매년 겨울에 전지훈련 겸해서 친선대회를 개최해 보라고 다른 종목의 예를 들면서, 같이 훈련하면 효과도 좋고 지역 경세도 살리고 일석이조라고 이야기해 주었는데 드디어 결실을 맺어 2월 말경에 "한산모시 배 친선 세팍타크로대회"가 처음 열리게 되었다. 상장은 없고 부상으로 참가 팀 모두 서천 특산품인 김을 주기로 하고, 조별로 1주일간 오전, 오후 계속 경기를 하도록 계획되어 있었다.

대회를 준비하는 일이 쉬운 일이 아니다. 군청에 찾아가서 체육관 사용허락을 얻고, 무거운 코트를 힘들게 설치하고, 경기 진행 방법을 고민하여 결정하고, 충남 세팍협회에서 공문으로 각 팀에 알리고, 선수들 환영 만찬도 준비하고, 상품도 준비하고… 극성스런 양 선생님이시기에 가능한 일이다.

이곳 서천국민체육센터에서 올해 전국체육대회가 열릴 예정이다. 이보다 좋은 기회가 없다. 이보다 좋은 동계 훈련이 없다. 그런데 아쉽게도 참가 팀 수가 예상보다 훨씬 적었다. 여러 이유를 들자면, 선수 구성이 안

되고, 해외 전지훈련 중이고, 학년 말이라서 예산이 없고…. 이후로 한산 모시 배 친선 세팍타크로대회가 계속 이어지지 못하고 한 번으로 뚝 끊어졌다. 괜히 내가 이야기를 꺼내서 일만 벌여놓고 큰 결실이 없어서 미안하고 안타까웠다.

아무튼, 덕분에 우리는 오전 오후 체육관을 충분히 사용할 수 있어서 부강중학교 선수들과 함께 동계 훈련으로 또 전국체전 사전 적응 훈련으로 서천국민체육센터를 우리 홈코트로 만드는 매우 뜻있는 훈련을 잘하였다.

서천에서 실로 오랜만에 우승을 맛보다!

전국체육대회를 앞두고 5월에 전국체전 리허설로 서천국민체육센터에서 전국 학생 세팍타크로대회가 열렸다. 올해에는 우리 팀이 어느 정도 포지션별로 짜임새가 있어졌고, 전국 4강권에서 맴도는 수준이 되었다. 그런데 여기서 우승까지 해 버리는, 생각지 못한 대사건이 벌어졌다. 억세게 운이 좋게도 우승을 한 것이다. 학교도 8년 만에 우승이고 나는 팀 감독이 되어서 처음 우승이다. 그야말로 운이 좋은 대회였다.

강팀들이 예선에서 같은 조에 속해서 탈락해 주었고, 우리는 예선 2위로 간신히 6강에 올랐으며 비슷한 수준의 팀들과 6강전과 준결승 경기에서 듀스까지 가서 모두 이겼다. 최강 부산체고에서 선수 사정으로 에이스 한 명이 불참하였다. 준결승에서 부산을 처음 이기고 결승에서 난생처음 중계방송하는 중에 경기도 저동고에 역전승하여 얼떨결에 우승까지 하였다.

3월에 초빙으로 오신 교장 선생님께서 우리가 결승에 올랐다고 하여 일요일에 헐레벌떡 오셨다. 그리고 우승하는 순간의 기쁨을 함께하셨고 너무너무 좋아하셨으며, 이후 세팍타크로 팀에서 하고자 하는 일은 무조건 오케이 하셨다. 역사도 깊고 규모도 우리보다 큰 목포공고에서 17년 동안 근무하시면서 세팍타크로부가 동메달 한번 따는 것을 구경도 못 하셨다는데, 하이텍고 교장으로 부임하자마자 우승이라니! 깜짝 놀라실 만도 하다.

그리고 학교 중앙 현관 벽에 우승 기념 판을 부착하여 영원히 학교의 자랑으로 홍보하고, 우승 순간의 중계방송 화면을 캡처해서 컬러로 프린트하여 코팅한 것을 교장실 장식장에 넣어 놓으시고 오는 손님마다 바로 보이도록 하여 학교의 좋은 자랑거리가 되었다. 거기에다 지역 신문마다 하이텍고 세팍타크로 우승 소식이 여러 곳에서 보도되었고, 선수단 사진까지 들어간 현수막이 세종시 곳곳에 많이 걸렸다.

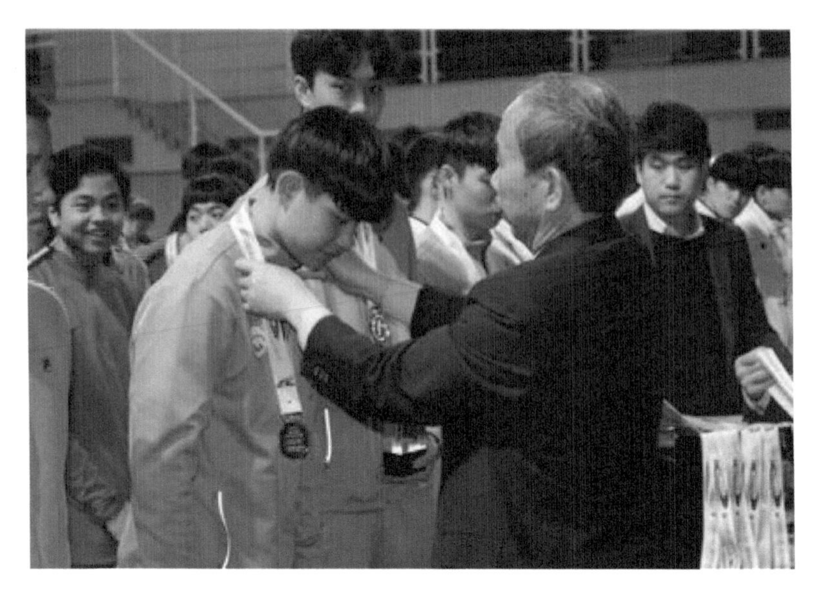

결승 경기 중계방송 화면으로 교장실에 오랫동안 자리하고 있었다.

행운의 땅 서천

전국체육대회는 토너먼트 경기라서 대진운이 아주 크게 작용한다. 강팀들이 첫 경기에 붙으면 한 팀은 노메달이고, 반대의 경우 억세게 대진운이 좋으면 약한 팀도 은메달까지 가능하다.

서천 전국체전 대진표가 나왔다. 최강 부산이 반대편에 있고 첫 경기만 이기면 결승까지 가능한데, 이놈의 첫 경기가 문제다. 올해 전적이 2승 1패이고 매 경기 듀스에 항상 최종 세트까지 간 강팀 경기도 저동고이다. 누가 이겨도 이상할 것이 없는 막상막하의 실력이다. 서로에 대하여 너무 잘 알고 있으며, 그날의 경기 운이 승패를 좌우할 것 같다. 그래도 준비는 최선을 다해서 하고 나서 운을 바라는 수밖에…. 서천은 우리가 실로 오랜만에 우승까지 해 본 약속의 땅이 아닌가?

인천에서의 전국체전 준비 경험과 똑같이 시합장에 1주일 전에 미리 갔다. 숙소도 금강 하굿둑에 있는 리버사이드호텔이다. 좀 멀지만 조용하고 시설도 좋다. 첫날 첫 경기라서 시간에 맞추어 호텔에 특별히 부탁하여 우리 팀만 아침 식사를 6:30에 하도록 하고 체육관에서 8:00부터 준비운동을 시작하여 9:00 경기에 대비하여 1주일간 똑같은 패턴으로 적응하도록 하였다. 그리고 경기장 분위기를 우리 쪽으로 오게 하려면 응원단이 필요하다고 하였더니 바로 학생부장님과 교감 선생님의 주도로 응원단이 꾸려졌다.

특성화고는 3학년이 2학기에 현장으로 실습을 나가기 때문에 학생회장 선거를 2학기에 한다. 새로운 학생회 임원들의 간부 수련회가 경기 당일 서천으로 계획되었고, 첫 일정이 간부들에게 애교심을 기르는 전국체육대회 세팍타크로 경기 우리 학교 응원이다. 열성적이신 교감 선생님이 미리 점심시간마다 간부들 집합시켜서 응원 연습을 손수 시키셨고, 피켓은 활달하신 미술과 미니미니쌤(키가 엄청 크신 박민희 선생님을 그렇게들 불렀다)이 제작하셨는데, 여러 개의 피켓 중에 "우주최강 명감독 백봉현"이 나타났다. 내가 우주최강 명감독이라니! ㅎㅎ

혼자 일어서서 응원하시는 적극적인 이새인 교감 선생님과 우리 학교 응원단

미니 쌤의 작품인 응원 팻말들과 학교 간부 수련회 응원단

응원이 가져다준 승리 그리고 은메달

우리 학교 응원단만 2층 관람석을 가득 메운 가운데 경기가 시작되었다. 평소 연습하던 대로 하라고 지시하고 벤치에 앉아 있는데, 어랍쇼! 우리 선수들이 우리 응원단에 너무 긴장하여 실수 연발이다. 많은 우리 응원단이 오히려 역효과이다. 타임을 불러서 선수들에게 실수해도 좋으니 자신 있게 하라고 주문하였다. 실수가 나오면 선수들이 먼저 안다. 실수를 지적하면 긴장하여 연속 실수가 나오는 법이다. 그래서 바로 잊어버리라고 실수해도 괜찮다고 억지로 편안한 척 말은 하지만, 실수하는데 기분이 좋을 리가 없다. 실수하면 안 되지! 절대로 안 되지!

첫 세트를 힘 한번 써 보지 못하고 맥없이 내주었다. 우리를 응원하러 온 2층 관중석이 사람이 없는 듯 조용하다. 2세트도 1세트 흐름의 연장이다. 어느새 11:17, 12:18. 패색이 짙었다. 3점만 주면 경기 끝이다. 이렇게 허무하게 0:2로 졌다는 생각이 드니 너무 허탈하였다. 온몸에 힘이 빠진다. 그런데 여기에서부터 대반전이 일어났다. 경기를 끝내 버리려는 저동고의 힘이 들어간 플레이에 실수가 이어지고, 하나만 실수해도 곧바로 패배라고 생각한 우리 선수들이 안전하게 넘겨 주는 것이 점수로 연결되어 1점씩 1점씩 올라가서 얼떨결에 내리 6점을 얻어서 18:18 동점이 되었다.

2층 응원석이 난리가 났다. 체육관이 들썩인다. 이 분위기로 우리가 19점에 먼저 올라갔는데, 리시브 미스로 점수를 바로 주어서 19:19 동점, 이번엔 우리 공격 찬스를 아깝게 살리지 못하고 또 맥없이 실수로 19:20. 우리 서브다. 여기에서는 서브를 약하게 찰 수밖에 없다. 저동고 피더의 침착한 리시브와 정확한 세팅으로 공이 공격하기 좋게 올라왔다. 어렵게

다 잡아놓고 결국 아깝게 허망하게 지는구나 하고 체념하려는 순간, 저동 킬러가 기분 좋게 빵 찬 것이 공이 흘러 엔드라인 살짝 아웃!

휴~~ 살았다. 다행이다. 20:20 듀스다. 저동의 서브가 네트 맞고 저동 코트에 떨어진다. 또 한 번 가슴이 철렁! 됐다! 하나만 하자! 그런데 우리 서브 똑같이 네트에 걸려서 또다시 듀스! 이런 젠장! 이상하게도 실수를 꼭 따라 한다. 정신이 혼미하다. 말이 안 나온다. 그래도 힘을 내어 열심히 박수 치며 공에 집중하라고 소리 지른다! 저동 서브도 강하게 못 차고 넘겨주는 정도이다. 이번엔 우리의 잘 올린 공을 빗맞은 공격으로 약한 공이 운 좋게 저동 코트 뒤쪽 구석에 떨어져서 공격 성공! 세트 포인트! 꼭 필요한 1점이다.

여기서 또 저동의 결정적인 공격 범실! 강하게 찬 공격이 이번엔 사이드라인 아웃! 다 넘어갔는데 다시 일어서서 23:21로 하늘이 도와서 기적적으로 2세트를 이겼다. 죽었다가 다시 일어섰다.

세트 스코어 1:1이다! 체육관의 분위기는 떠나갈 듯 온통 우리 응원뿐이다. 교감 선생님 목소리가 제일 크시다. 그야말로 응원에 힘입어 3세트 들어가서는 응원과 하나가 되어 우리 선수들이 펄펄 난다. 반면 저동은 2세트의 악몽에 빠져서 어이없는 범실의 연속이다. 3세트 초반부터 앞서 나가면서 커지는 응원과 함께 3세트를 우리가 가져와서 기적의 대역전승을 거두었다. 이재인 교감 선생님, 감사합니다. 덕분입니다.

지옥문 바로 앞에까지 갔다 와서 정신이 멍하다. 다리가 후들거린다. 체육관 밖으로 나오니 응원으로 얼굴이 상기된 학생들과 선생님들이 몰려온다. 미니미니 쌤이 평생에 운동경기 직관은 처음인데 너무너무 짜릿했다고 하시면서 이후부터 세팍의 왕 팬이 되셨고, 결혼 후에도 휴일에 남편과 함께 보은 시합장까지 응원을 오실 정도로 찐팬이 되셨다. 우리에겐 약속의 땅인 서천에서 순전히 응원의 힘으로 1차전을 이기고, 다음 단계인 8강전과 4강전을 무난히 넘어서 목표한 은메달을 가져왔다. 서천은 우~리 땅!

은메달 획득 후 숙소 앞에 있는 금강하구둑 식당에서 삼겹살 파티를 하면서 수고했노라고 격려하고, 바로 옆의 유원지에서 스카이 팡팡 등 여러 가지 놀이기구를 타면서 신나게 웃고 떠들면서 함께 피로를 풀었다.

그래! 짜릿한 이 맛에 평소 힘들게 운동을 하는 거지!

횡성체육관에서 전국체전 8강전으로 김천중앙고와 맞붙었다. 전국체전에서 동메달과 5위는 큰 차이가 난다. 실력이 비슷한 양 팀이 메달권에 들기 위하여 피해 갈 수 없는 한 판 승부다. 학교에서 교장 선생님과 여러 분의 교직원들, 체육회와 교육청에서도 많이들 응원 오셨다. 양 팀 모두 응원단 동원되어 2층 스탠드에 서로 마주 보고 자리하여 열띤 응원으로 이 경기에 대한 중요성을 더했다. 꼭 이기고 싶다. 캠코더로 찍은 김천과 경기 영상을 각자 핸드폰에 넣고 틈만 나면 보도록 했다. 유니폼도 강하게 보이도록 호랑이 줄무늬로 특별히 새로 준비했다. 세종특별자치시 최교진 교육감님도 일찍 오셔서 우리 응원단 속에 같이 자리하고 계시다.

팽팽한 긴장감 속에 드디어 경기가 시작되었고, 경기 초반에 상대의 서브에서 태콩이 공을 차기 전에 공을 토스하는 순간 피더가 전위 쿼터서클에서 미리 나오는 것이 보였다. 분명한 폴트다. 그런데 주심이 이를 보지 못하고 있다. 바로 작전타임을 부르고 주심에게로 다가가서 이 사실을 알리고 잘 보시라고 신신당부하고 벤치로 돌아왔다. 그런데 어랍쇼! 타임이 끝나고 경기를 재개하기 직전에 황당한 일이 일어났다. 주심이 김천중앙고의 주장을 부르더니 주의를 주는 것이 아닌가? 어이없는 일이다. 순간 허망하고 화가 치솟았다. 1점을 얻으려고 세트에 1개뿐인 작전타임 기회를 날리면서까지 주심에게 알렸는데, 홀딱 상대에게 알려주고 있으니… 이게 뭐야?

"심판은 반칙이 나오면 폴트를 선언하면 그만이지, 이게 뭐 하는 거냐고?"

구두 경고를 줄 상황인가? 아니면 김천 선수를 지도하는 건가? 도무지 납득이 가질 않는다. 첫 세트를 끌려가다 결국 그대로 지고 말았다. 사이드를 체인지하면서 바로 주심에게로 다가갔다. 그리고 큰소리로 항의 했다. "아니! 심판이야? 코치야? 폴트를 선언해야지, 왜 가르치고 있는 거야?" 순간, 아차 싶었는지 당황하면서 주심의 얼굴이 굳어지는 것을 보았다.

새로 준비한 호피무늬 유니폼으로 경기하였다.

2세트 들어서 점수를 주거니 받거니 팽팽하게 진행되어 점수가 한 점, 한 점 바뀔 때마다 응원단의 함성이 번갈아 터져 나오고 경기장 열기가 점점 뜨거워지고 있다. 여전히 상대 피더가 습관적으로 서브를 차기 전에 미리 나오는 것이 보인다. 약속이나 한 것처럼 곽 코치와 동시에 자리에서 일어나면서 피더를 가리키면서 주심을 향하여 "폴트!"라고 소릴 질렀다. 주심이 분명 우리 벤치를 보고 있다. 다음 서브에도 무의식적으로 반복해서 미리 나온다. 우린 더 큰소리로 자리에서 벌떡 일어나면서 주심을 향해 외쳤다. "폴트, 폴트라고!" 곧 뛰쳐나갈 기세다.

그다음 상대의 서브 순간 드디어 폴트가 선언되었다. "그래, 그렇지! 그래야지!" 주심을 향하여 고개를 끄덕이며 엄지 척을 날려 보냈다. 이번에는 상대의 거센 항의가 이어진다. 상대 벤치에서 주심과 나의 실랑이를 알 턱이 없다. 폴트 선언이 잘못이라고 주심에게 거칠고 길게 항의하고 있다. 서브 상황에서 보통 태콩의 폴트가 많이 나오지만 좀처럼 없는, 생각하지 않은 전위의 폴트를 선언당하니 당황할 만도 하다.

시소 게임을 벌이던 중에 경기가 잠시 중단되면서 상대의 흐름이 깨지고, 또 상대 실수가 나오면서 그 덕에 2세트를 간신히 이기고, 2세트의 여세를 몰아 3세트는 초반부터 분위기가 넘어오고 점수가 조금씩 앞서가면서 결국 여유 있는 점수 차로 우리가 승리하였다. 첫 세트를 내준 다음 2, 3세트에 짜릿하게 역전승하여 2층 우리 응원석이 더욱 난리가 났다. 이겼다! 목표로 정했던 동메달을 확보했다. 머릿속이 하얗고 멍하다. 정신이 하나도 없다. 감독으로서 경기 중에 심판과 큰 실랑이를 벌인 잊히지 않는 사건이다. 순창에서 꽃게탕 식중독 사건으로 그야말로 살얼음판을 걷듯이 소화 잘되는 죽을 먹이고 운동 강도도 줄이고 세심하게 신경 쓰면서 하루하루 그 어느 대회보다 힘들게 전국체전을 준비하였고 그 결과 오늘 마침내 동메달 획득이다.

격려차 오신 인자하신 인상의 교육감님이 좋아서 싱글벙글이시다. 선수들을 한 명, 한 명 모두 안아 주면서 격려해 주신다. 후에 교육감님이 학교를 방문하셔서 선수들과 식사를 같이 하면서, 신생 세종시에서 거대한 타 시도 선수들과 어깨를 나란히 하고 또 이겨서 너무나 감동적이었고, 앞으로도 잊히지 않을 좋은 기억이라고 말씀하시면서 선수들이 너무나 자랑스럽다고 당시를 회상하셨다.

보은에서 마지막 경기

정신없이 달려온 세월이 참 빠르게도 지나갔다. 어느덧 내년이면 정년퇴임이다. 마지막 1년은 팀 감독을 하지 않고 다른 사람에게 미리 감독직을 넘길 작정이다. 우리 학교 수준도 상위권이 예상되고, 감독을 미리 넘겨주고 내가 1년 동안 뒤에서 지켜보면서 지내면 감독도 자연스레 세대교체가 될 것이다. 선수들에게도 내년에는 다른 선생님이 팀을 맡으실 거라고 이미 이야기해 둔 상태다.

보은에서 열리는 제98회 전국체전이 나에게는 마지막 시합이다. 숙소가 보은 읍내가 아니고 속리산이어서 또 우리의 공식 훈련 시간이 오후라서 혼자서 새벽에 숙소를 출발하여 속리산 정상을 향했다. 이른 새벽인데도 어르신들이 지키고 있다가 어김없이 입장료를 받는다. 참 부지런도 하시다. 깔딱고개 휴게소에서 컵라면으로 아침 식사를 하고 문장대에 올라서 시원한 사방을 본다. 그리고 속리산 산신령님께 우리 선수들 무사히 대회 마치도록 기원해 본다.

점심시간을 넘겨서 하산하여 곽 코치에게 "내가 속리산에 올라가 여러 곳에 영역 표시(?)를 다 해 놓았으니 이제 보은군은 다 우리 영역이다" 그리고 속리산 산신령이 돌보고 있으니 다 잘 될 거라고 아무 걱정도 하지 말라고 이야기하였다.

이번 체전에서야말로 기필코 금메달을 목표로 모두가 최선을 다하여 준비하였다. 선수들도 다른 때와 달리 진지하게 참 열심히 훈련하였다. 문제는 준결승에서 만나는 부산체고를 이겨야 한다. 부산체고는 다른 팀들보다 월등한 기량으로 몇 년째 정상에서 내려올 줄 모르는 막강한 실력을 가지고 있다. 다른 팀들도 모두 타도 부산을 외쳐 보지만 번번이 실패다.

제발 세종이라도 부산을 꺾어 달라고 부탁 아닌 부탁도 많이 들었다. 그러나 우리의 경기 결과는 모두의 예상대로 준결에서 부산에 막혀 결국 동메달에 머물렀다. 어쩌면 부산체고도 해 볼 만하지 않을까 기대도 약간은 하였지만 몇 달 만에 뒤집기란 어려운 일이다. 그리고 부산체고는 학교 특성상 다른 팀보다 훈련 여건도 좋고 운동량도 많다. 우리보다 잘하니 우리가 질 수밖에….

부산과 경기 끝내고 나오는 우리 아이들 눈에 눈물이 그렁그렁이다. 시합에서 졌다고 남자 고등학생들이 우는 모습은 처음 본다. 주장 성민이의 큰 눈에 맺힌 눈물방울은 평생 잊지 못할 거다. 한번 이겨 보려고 참으로 열심히 운동하였는데 뜻대로 안 되었으니 많이 서운했으리라. 마지막으로 감독님의 목에 금메달을 걸어 드리자고 다짐하면서 많은 땀을 흘렸는데… 시합 중에 나온 실수만 생각나서 자기 때문에 진 거 같아 미안하고 못내 아쉬웠으리라…

다른 때와 달리 선수들도 코치님도 밤늦게까지 참 열심히 훈련한 것을 알고 있다. 흐르는 눈물이 최선을 다했음을 증명해 준다. 울지 마라, 너희들은 참 잘했고 동메달이 결코 쉬운 것이 아니다. 동메달을 자랑스러워해도 된다. 우리는 전국체전 4년 연속 메달이다. 세종특별자치시 고등부 단체 종목에서 최초의 새로운 역사를 썼다. 세종시뿐만 아니라 전국에서 다른 종목을 통틀어서도 매년 선수가 졸업하는 특성상 고등부 단체 종목에서 4년 연속 메달 획득은 결코 쉽지 않은, 그야말로 자랑스러운 기록이다.

너희들은 칭찬받아 마땅하고 너희들이 참으로 고맙고 대견스럽다. 교장 선생님과 교감 선생님, 행정 실장님과 문 부장님 손에 이끌려 보은 터미널 앞에 있는 순댓국집에 와서 권해주는 막걸리잔을 잡은 손이 떨린다. 수고했고 축하한다고 연신 말씀들 하시는데 정신이 멍하니 말소리가 하나도 귀에 들어오지 않는다. 좋아하는 막걸리가 왜 그런지 목에 걸려 넘어가질 않는다.

숙소에 돌아와서 옷을 입은 채로 벌렁 누웠다. 다 끝났다. 허전하다. 조용히 눈을 감는다. 눈물이 스르륵 흐른다. 그간 체육 교사로서 평생 지내온 일들이 주마등처럼 하나씩 하나씩 나타났다가 사라진다. 연극 무대에서 한 배우가 맡은 배역이 끝나면 무대 뒤로 홀연히 사라지고, 무대 위에서는 다른 배우들이 새로운 이야기를 펼쳐 나가듯이 이제 내가 맡은 역할은 끝났다.

체육 교사로서 운 좋게도 무용을 시작으로 양궁, 육상, 유도, 씨름, 역도, 배드민턴, 농구, 태권도, 배구, 검도, 우슈·쿵푸, 세팍타크로까지 참으로 많은 종목을 지도하였다. 스포츠클럽 배구, 농구, 족구, 축구, 배드민턴, 3:3 농구까지 하면 실로 기네스북에 올려야 할 정도이다.

무용을 맡아 힘들었었고, 양궁 지도 교사로 신기록도 많이 냈고, 농구부 데리고 전주에 훈련 가서 승합차 고장으로 난감했던 일, 모두가 약하다고 하는 배구 팀을 가지고 평가전에서 라이벌 제천을 이기고 서귀포 전국체전 나갔던 일, 태국으로 전지훈련의 색다른 경험과 순창에서 식중독 사건 등 모든 일이 바로 어제의 일같이 하나씩 하나씩 눈앞에 나타났다 사라진다.

전혀 생소한 양궁, 역도, 검도, 세팍타크로까지 내가 엉터리로 지도하였으니 나를 만난 선수들은 운이 없고 불행했다고 할 수밖에….

운동부에서 중도에 그만둔 여러 선수가 나타난다. 이제까지 어느 종목이든 지도하면서 본인이 원하지 않는데 억지로 시킨 적은 없다. 운동은 본인이 싫으면 절대로 못 한다. 모두가 평생 선수로 활동할 수 없는 법이다. 언젠가는 나이 들면 운동을 못 하게 된다. 좀 일찍 그만둘 뿐이다.

배구가 싫어졌다고 다른 학교로 전학 간 승영이, 기록이 안 나온다고 양궁을 포기한 영수, 좋은 신체 조건인데도 다른 이유로 결국 농구를 접은 정희, 집안일로 가출하여 결국 학교로 돌아오지 않은 여자 역도 유망주였던 순이, 세팍을 고만둔 힘 좋은 왼발 준희…. 내가 지도 교사로 있으면서 운동을 멈춘 모두가 지금은 하고 싶은 일 즐겁게 하면서 행복하게 잘 살고 있기만을 진심으로 바랄 뿐이다.

매주 월요일 아침이면 애국 조회를 하였는데 집합시키다가 딴짓했다고 불려 나와 전교생 앞에서 매 맞은 학생아, 나를 용서하거라. 제발 모두 잊혔길 바보같이 바래 본다. 수업 시간에 늦게 나오면 1분에 쪼그려뛰기 10개씩이었다. 손에 매는 항상 들고 다녔다. 참 무서운 체육 선생님이었다. 어리석게도 그래야 하는 줄 알았다. 학교가 교도소도 아니고 군대도 아닌데…. 체육 수업 시간이 즐거워야 한다는 것을 미련하게도 내 나이 오십이 되어서야 깨달았다. 어쩌면 그렇게도 잘못한 일들이 마치 오늘의 일처럼 생생히 나타나는지? 얘들아, 내가 참으로 미안하구나!

그중에서도 가장 잘못한 일이 집안일에 빵점으로 생활한 것이다. 평생 휴일이나 방학이 제대로 있을 리 없었다. 그래도 이제까지 적은 월급으로 3남매를 훌륭히 키운 집사람에게 참으로 미안하고 감사하다. 집에 와서 항상 피곤함에 무뚝뚝하고 집안일에 제로인 나 대신 훌륭한 당신이 있어서, 당신 덕분에 오늘까지 모든 일이 너무 잘 되었소!

그리고 큰딸 지숙, 짠딸 지혜, 아들 승관아! 아빠는 너희들이 세상에서 최고로 자랑스럽다!

평소 하지 못했던 말이지만 용기 내어 진심으로 말한다.

"여보, 고맙습니다!"

"사랑합니다!"

"당신이 최고야!"

제100회 전국체육대회

정년퇴직 후 서울에서 열리는 뜻깊은 제100회 전국체육대회에 세종시 세팍타크로협회 임원으로서 세팍타크로 경기장을 찾았다. 세종하이텍고 선수들은 3학년이 없고 2학년 선수가 주축이다. 작년에 시합 성적도 좋았고 주축 선수들이 졸업해서 올해는 좀 쉬어가는(?) 한 해가 되리라 예상하였다. 올해 부지런히 훈련과 시합 경험을 쌓아서 주전 선수가 3학년이 되는 내년쯤에나 메달 도전이 가능할 것이다.

지난겨울에 정년퇴직 전 마지막으로 하이텍고 선수들을 태국 전지훈련을 인솔하였다. 체육회에서 경비를 지원해 준다는데, 선수들이 신입생이지만 세팍 종주국에 가면 분명 보고 배우는 점이 많이 있을 텐데, 인솔자가 마땅치 않아 아까운 기회를 버릴 수는 없고 태국 전지훈련 경험이 있었던 내가 마지막까지 봉사한다고 여기고, 말년 병장이 매일매일 날자 지워가듯 하루하루를 바짝 긴장하여 태국 방콕에서의 전지훈련을 아무 사고 없이 우리 선수들이 많은 것을 보고 또 좋은 경험을 하고 돌아왔다. 때가 되면 실력으로 나오겠지!

지난 8월에 대전에서 열린 시, 도 대항 세팍타크로대회에서 하이텍고 선수들이 실수투성이로 아직 정비되지 않은 채 모두 1, 2학년 티가 나고 예선에서 탈락하는 것을 보았다. 선수들에게 "괜찮다! 자꾸 반복 훈련을 계속해서 하다 보면 언젠가 좋아지는 순간이 나타난다!"라고 이야기를 하였지만 두 달 뒤에 열리는 전국체전이 조금은 걱정이었다.

서울에서 제100회 전국체육대회 경기장에서 하이텍고 선수들을 다시 보고 깜짝 놀랐다. 두 달 사이에 완전히 딴 팀이 되어 있는 것이었다. 3명 모두 볼 컨트롤과 리시브 실수가 거의 없다.

리시브가 잘되니 한이의 세팅도 편하게 올라간다. 심지어 여유 있게 속공까지…. 주몽이의 서브도 발의 스윙이 빨라지면서 날카롭고 강하게 꽂힌다. 볼이 좋지 않게 좀 멀리 세팅이 되어도 일단 올라오면 호준이가 쫒아가서 실수 없는 공격으로 득점과 모조리 연결된다. 거의 실업 팀 수준이다. 참 잘도 한다. 선수들이 펄펄 난다.

모두의 예상을 뒤엎고 연전연승, 여유 있는 점수 차이로 계속 이기고 결승까지 올라갔다. 관중석에서 내 뒤에 있던 어느 타 팀 학부형님 왈 "세종이 한 수 위다!" 내가 10년 동안 보아오는 동안 역대급으로 최고의 경기력을 보여 주고 있었다. 경기 후 곽 코치에게 어떻게 훈련시켰기에 애들이 완전히 변했느냐고 좋아진 비결을 물어보았는데, 대답은 의외로 너무나 간단하고 쿨하다.

"특별히 한 거 아무것도 없어요, 리시브 연습만 계속했어요!"

아무것도 한 게 없는데 이렇게 잘할 리가 없다. 힘들고 재미도 없지만 가장 기본이 되는 리시브 연습을 열심히 한 것이 왜 한 게 없는가?

교장 선생님께서 선수들과 함께 저녁에 삼겹살로 식사를 하시면서 "너희들은 여기까지도 너무 잘했다, 내일 결승은 맘 편히 해라!"하시고 사비로 삼겹살 파티 저녁 식대를 지불하신다. 교장 선생님은 특성화고에서 대외적으로 가장 큰 행사인 전국기능경기대회가 부산에서 열리기 때문에 아쉽지만 결승전을 보지 못하고 내일 아침 일찍 KTX로 내려가셔야 한다고 하시면서, 전국기능경기대회에서도 세팍에 이어서 분명 메달 소식이 있을 거 같은 느낌이 든다고 서울에서 기분 좋게 부산으로 가신다고 하셨다. 전국기능경기대회에서 입상하기란 정말로 매우 어렵다.

3년 동안 기능 훈련하여 기회는 1번뿐이고, 입상 특전도 상금 및 세계대회 참가 등 푸짐하다. 운동경기 못지않게 훨씬 치열한 경쟁 세계이다.

대회 참가를 위하여 필요한 많은 장비도 트럭으로 대회장까지 운송된다. 세종하이텍고에서 제과제빵과 용접, 캐드 부문에 세종시 대표로 참가하는데, 특히 제과제빵 분야에서 기대하고 있다. 2일 동안 4가지의 작품을 만드는데, 조금이라도 한 번만 실수하면 입상권에서 바로 멀어진다.

결승전이 열리기 직전에 응원 오신 권용중 부장님과 시합장 바로 뒤에 있는 현충원을 둘러보았다. 크고 웅장한 전 대통령님의 묘지보다도 현충원에 빼곡히 가득 찬, 셀 수 없이 많은 비석을 보면서 나라를 지키기 위하여 젊은 나이에 기꺼이 목숨을 바치신 수많은 선열을 생각하니 가슴이 짠하다. 저절로 고개를 숙이게 되고 속에서 무언가 차오른다. 우리나라를 존재하게 해 주신 참으로 눈물 나도록 고마우신 분들이시다. 감사합니다. 덕분입니다. 고맙습니다.

우리의 결승전 상대는 부산체육고등학교이다. 올해 우리가 한 세트도 이기지 못했고 매년 거의 모든 대회를 우승해가는 강팀이다. 체육 특성화고라서 선수 확보나 운동 여건이 다른 학교보다 월등히 좋다.

"얘들아, 선생님이 호국 선열들과 전 대통령님들께 인사드리고 왔으니 틀림없이 너희들을 잘 돌보아 주실 거다. 맘 편히 해라!"

세종시체육회 석 처장님과 직원들, 교육청 과장님과 장학사님들 등 많은 분이 우리 결승전에 응원 오셨다. 이제까지 전국체전에서 세종특별자치시 출범 이후 고등부 단체 종목에서 메달을 딴 것은 하이텍고 세팍타크로뿐이다. 점수도 많이 얻어 세종시의 최고 효자 종목이다. 그러니 고맙게도 자연스레 모두 세팍 시합장으로 몰려든다. 결승까지 온 것만으로도 대만족이다. 경기 전 연습하는 것을 보니 어제와 같이 몸이 가볍다.

경기가 시작되었고 막강한 부산체고를 상대로도 여전히 선수들이 미쳐있다. 부담 없이 해서 그런 건지 앞서가서 그런 건지 파이팅도 너무 좋다. 완전히 우리 분위기이다. 처음부터 앞서가면서 첫 세트를 21:16으로 가볍게 이겼다. 뭔가 일이 벌어지는 것 같았다. 웬 일? 부산에 계신 교장 선생님께 급히 첫 세트 승리 소식을 문자로 날렸다. 바로 고맙다고 답이 왔다. 그래, 그대로 쭈욱 밀고 가자….

그런데 2세트 들어서면서 욕심이 생겨서인지 쉬운 공 처리 실수가 연속해서 나온다. 분위기도 갑자기 식어 버렸다. 몸이 굳어 있다. 모두 벙어리가 되었다. 역시 고등학생은 고등학생이다. 선수가 구경꾼이 되어있다. 부산체고와 경기는 이기고 있어도 결국 듀스까지 가서 지는 경기를 여러번 해와서 점수가 앞서 있어도 늘 불안하다. 하물며 지고 있는 상태에서 점수 차가 더 벌어지면 따라잡기 어려울 것 같아 경기 초반인데도 멀리서 곽 코치에게 작전타임 신호를 보내니 알아듣고 바로 타임을 부른다.

이후도 힘들게 계속 끌려가고 있다. 안타깝지만 흐름을 되돌릴 방법이 없다. 멀리서 보니 벤치에서 진땀이 난다. 생 땀이 난다. 화도 내보고, 달래기도 하고, 선수 교체도 해 보고, 운동화 끈도 고쳐 매고, 메디컬 타임까지 쓰고, 아닌 줄 훤히 알면서도 챌린지도 요구하면서 곽 코치가 안간 힘을 다 해보았지만 2, 3세트를 내주고 역전 패, 거기까지. 결국 은메달에 머물렀다. 다시 부산 기능경기대회장에 계신 이재규 교장 선생님께 결과를 바로 문자 보냈다.

은메달 축하합니다.

답이 왔다.

선배님, 고맙습니다.
늘 성원해 주심에 감사드립니다.

이 선수 중에 올해 졸업생이 한 명도 없다. 내년에는 당연히 금메달이 목표다. 세종하이텍고 세팍타크로 팀이 서울에서 열린 제100회 전국체육대회까지 5년 연속 메달을 획득하였다. 고등부에서 좀처럼 없는 기적적인 성과이다. 인천에서 은메달, 다음 해 제주도에서는 한라산을 정복하였고, 이후부터 쭈~욱 횡성에서 동, 서천에서 은, 김제에서 동, 보은에서 동 그리고 서울에서 은메달까지 5년 연속 메달을 획득하다니, 실로 대단한 실적이다.

고등부는 좋은 선수라도 3학년이 되면 졸업을 해야 하기 때문에 2년 연속 입상하면 매우 잘하는 거다. 특히 전국체전은 토너먼트 경기라서 대진운도 많이 따라야 한다. 매 경기 1점이 승패에 직결되어 패하면 바로 귀향하는 마지막 시합이 될 수 있어서 항상 긴장 속에 시합하여 경기 결과도 이변이 종종 일어난다. 그런데 5년을 연속하여 메달을 획득하다니! 정말 좀처럼 하기 어려운 엄청난 성과이다.

제100회 전국체육대회에서 1, 2학년으로 결승에 진출한 세종하이텍고 선수단

그리고 세종하이텍고는 세팍타크로부의 전국체전 은메달에 이어 전국 기능경기대회에서도 제과제빵에서 금메달이 나오고, 세종시 공무원 공채 합격까지 그야말로 알찬 수확을 거둔 한 해가 되었다.

이후 돌발 상황인 망할 놈의 코로나19로 인하여 다음 해 전국체육대회가 전격 취소되었고, 애타게 기대했던 세종하이텍고의 금메달은 그렇게 코로나로 인하여 아쉽게 날아갔으며, 주축 선수 3명이 모두 졸업하였으나 다음 해에 상주에서 또다시 새로운 후배 선수들로 동메달을 획득한 후 이어서 울산에서 동메달을 차지하여 신생 세종시에서 햇수로 8년째, 횟수로 7회 연속하여 전국체전 메달 획득의 불가사의한 실적은 세종대왕께서 보살피고 계심이 분명하다.

에필로그

정년퇴직 후에 홀가분한 심정으로 2년 동안 해외에서 봉사활동을 하려고 코이카에 지원서를 제출하였다. 가볍게 생각하여 선발되면 교육받고 저개발 국가에서 봉사활동으로 제2의 인생을 시작해 볼 참이었다. 흔히 생각하듯이 집 짓고, 샘 파고 이런 일이 아니고 자기의 전공 분야별 봉사활동이다. 절차는 서류심사, 면접, 신체검사, 사전교육, 현지 파견 순이다. 그러나 체육교육 분야 봉사자로 지원하였는데 젊은 지원자가 많아서인지 서류 탈락이다. 젊어서 2년 정도 해외에서 현지 경험을 하면 돌아와서 대기업의 취업에 큰 스펙이 된다고 봉사단 지원자가 의외로 많다.

다음번에는 좀 구체적으로 볼리비아 모레노 대학 강사, 모로코 카사블랑카 장애인학교 교사 딱 두 곳만 지원 희망하였다. 코이카에서 전화로 희망하는 지역 외 다른 지역도 가겠느냐고 물어보는데 나이가 있어서 되도록 큰 도시에서 있고 싶고 다른 곳은 싫다고 대답하였더니 또 서류 탈락이다.

세 번째로 베트남 장애인체육회에 '어드바이서'로 지원하였다. '어드바이서'는 절차가 서류 심사, 정밀 신체검사를 먼저하고, 심층 면접, 영어 면접, 사전 교육, 파견 순이다. 코이카 봉사단 중에서 '어드바이서'는 활동비도 넉넉하고 자문 활동이라서 해당 분야의 전문 경력자가 필요하다. 장애인 체육 행정에 장애인 양궁 지도 가능자 우대라고 하여 장애인체육회나 양궁협회에 문의해 가면서 지도실적 확인서 등 서류를 꼼꼼하게 준비하였다.

서류 심사를 통과하고 내시경까지 하는 정밀 신체검사도 통과하였고 최종 영어 면접까지 나름대로 여유 있게 잘 대답했는데, 결과는 "지원해 주셔서 감사합니다"라는 문자를 또 받았다.

컴퓨터 즐겨찾기에서 '코이카'를 아예 삭제해 버렸다. 그런데 가을부터 코로나19가 대유행하기 시작하여 급기야 겨울에 "코이카 해외 봉사 단원 전원 귀국 조치" 뉴스를 보았다. ㅎㅎㅎ

감독을 하면서 참 많은 일들을 겪었다. 좋은 일들만 있었던 것이 아니다. 가지 많은 나무가 어쩐다고 정신없이 시간이 갔다. 속상했던 여러 일들은 차마 여기에 기록으로 남길 수가 없었다. 선수들이 속 썩이고, 상대팀들의 스포츠맨십에 반하는 행동들이 나를 화나게 했다.이 또한 과정이고 모든 것을 감독이 짊어지고 넘어야 하는 산들이 아닌가? 그래도 이 정도 했으면 세팍타크로 초짜 감독으로서 무난하게 잘 넘어온 것 같다. 서운한 점들은 모두 잊어버리련다. 나 또한 나도 모르게 남들을 서운하게 한 적이 있을 것이다.

크나큰 행운이 나를 따라다녀서 과분한 영광을 누렸다.좋은 선수들을 만났고, 훌륭한 코치를 만났고, 주변의 도움도 유별났다. 실적도 많이 올리고 매스컴의 보도도 엄청 많이 되었다. 지금도 네이버에 '세종하이텍고' 동영상 검색을 하면 학생선수권 결승전, 종별 대회 결승전, 회장기 결승전 시합 영상과 함께 우승 감독 인터뷰까지 나타난다.

팀 감독으로서 모든 일에 책임이 따르고 다 중요하지만 최고 우선인 것은 선수 확보다. 소질 있는 선수를 발굴한 후에 즐겁게 운동하는 분위기를 만들어 주는 것이 그다음이다. 운동은 억지로 하는 노동이 되어서도 안 되고, 외모부터 특정 집단이 생각나는 형태의 학교 운동부는 반대다.

다른 종목도 마찬가지겠지만 특히 전국체전에서 단 1점으로 분위기가 바뀌고 승패에 영향을 주어 귀중한 메달을 획득하는 피 말리는 현장에서 감독의 역할은 실로 엄청나다. 선수들이 경기장에서 평소 연습한 그대로 실력을 발휘하도록 벤치에서 배우가 되어야 한다. 선수가 실수해도 때로는 웃으면서, 어떤 때는 아주 잘해도 긴장을 심어주는 단호한 표정으로 말한다.

"딴생각 말고 공에만 집중해!"

"실수했지만 잘했어! 또 해봐!"

"이따 저녁에 치킨 먹자!"

"미루지 말고 보이는 사람이 처리해!"

"잘하려고 하지 말고 연습같이만 해!"

"항상 준비하고 있어라!"

"상대가 잘하는 것은 웃으면서 줘!"

"한번 실수에 아이스크림 한 개 사는 거다!"

"뭐야! 그렇게 하려면 나와!"

"쉬운 공은 없다!"

"세팍은 입으로 하는 거다!"

"파이팅 크게 하고 크게 움직여라!"

"네가 최고야, 자신 있게 해!"

"져도 좋다, 후회 없이 맘껏 하고 나와라!"

"하나만 생각하고 해!"

"공은 반드시 나한테 온다!"

"……!"

"항상 생각하면서 예측하고 미리 움직여라!"

"지는 이유는 우리의 실수로 점수를 줘서 진다!"

"화려하고 멋있게 해도 2점 안 줘!"

국비 직업훈련과정으로 조경에 대하여 배웠다. 산림기능사와 조경기능사 자격증을 취득하고 소일거리 삼아서 내가 할 일자리를 알아보니 갈 곳은 많이 있는데 하는 일을 보니 새벽부터 삽질하고 예초기 돌리고 땀 흘리는 중노동이라서 도저히 못 할 것 같아 조경 관련 일은 포기하였다.

그리고 학생안전지킴이 자원봉사자로 지원하여 세종장영실고등학교 배움터지킴이실에서 활달한 신세대 학생들을 대하면서 재미있게 생활하고 있다. 노랑머리 파마머리에 타투까지 한 학생들이 처음엔 이상하고 기부감이 들더니 볼수록 아무렇지 않고 귀엽고 또 참 이쁘다. 모두가 귀한 아들, 딸들이고 내일의 우리나라에 꼭 필요한 주인공들이다. 어디서라도 자기가 하고 싶은 일들을 즐겁게 하면서 행복하게 살면 되는 거다.

등굣길에 교통지도 하면서 만나는 학생들이 멀리서부터 반갑게 인사한다. 웃으면서 인사만 잘해도 어디 가서 무얼 하든 절대로 미움받지 않는다. "수고하십니다! 감사합니다!" 인사하고 지나가는 아이들이 참 착하고 고맙다. 음료수에 직접 만든 거라고 커피며 빵을 지킴이실에 놓고 간다. 뒷방 할아버지인 은퇴자가 할 일이 있어서 참 좋다. 오늘도 새벽같이 즐겁게 집을 나선다.

끝으로 대한민국 세팍타크로의 무궁한 발전을 기원하며, 평생 고생한 아내와 자랑스러운 큰딸 지숙, 짠딸 지혜와 막내 승관이 그리고 훌륭한 사위 준기와 재규, 너무 귀여운 손주 채민, 찬빈, 시훈이까지 사랑하는 우리 가족 모두 항상 건강하고 행복하게 잘 살길 진심으로 바라면서 글을 맺는다.

2022년 겨울에
세종장영실고등학교 학생안전지킴이실에서
백 봉 현 씀

나는 세팍타크로 감독이었다

1판 1쇄 발행 2022년 12월 14일

저자 백봉현

교정 윤혜원 **편집** 문서아
마케팅 박가영 **총괄** 신선미

펴낸곳 (주)하움출판사 **펴낸이** 문현광

이메일 haum1000@naver.com **홈페이지** haum.kr
블로그 blog.naver.com/haum1000 **인스타그램** @haum1007

ISBN 979-11-6440-246-5 (03810)

좋은 책을 만들겠습니다.
하움출판사는 독자 여러분의 의견에 항상 귀 기울이고 있습니다.
파본은 구입처에서 교환해 드립니다.